# 我自深处向你祷告

[英]奥斯卡·王尔德_____著  鲁冬旭 刘勇军_____译

果麦文化 出品

奥斯卡·王尔德 | Oscar Wilde

(1854—1900)

我自深处向你祷告
/
1

雷丁监狱之歌
/
150

附录：王尔德与波西小传
/
190

致

阿尔弗雷德·道格拉斯勋爵[1]

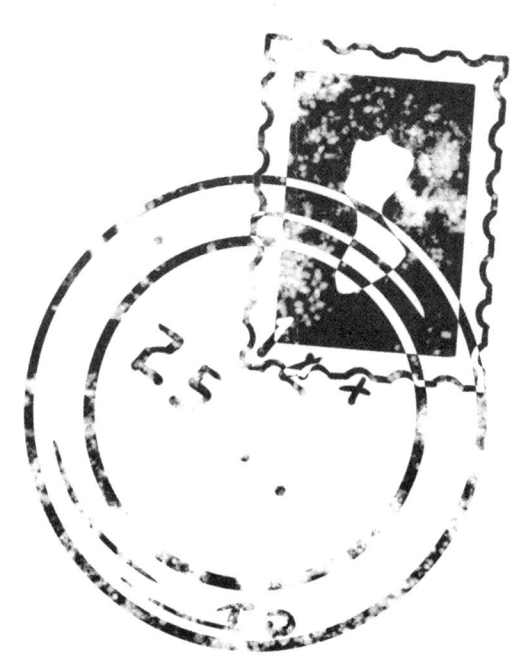

# 1897 年 1—3 月

## 皇家监狱,雷丁

亲爱的波西，

经过漫长而无果的等待，我决定亲自给你写信。这既是为了你，也是为了我，因为我不愿想到，在两年漫长的牢狱生涯中，我从未收到你寄来的一字一句，除了那些令我心痛的传闻，我甚至没有一条你的消息或口信。

你我命途多舛且令人悲痛的友谊已经以我的毁灭和身败名裂告终，但关于往日情谊的回忆仍常常伴随着我。想到我心中那个曾被爱填满的地方将永远被憎恶、怨恨和轻蔑占据，我非常悲哀：我想，你也会发自内心地感到，与其未经我许可发表我的信件或自说自话地为我献诗，不如给在狱中孤独服刑的我写一封信，尽管这样一来，你选择寄来何种应答或辩解，其中的言辞是悲痛还是热情，是悔恨还是冷漠，世人都将一无所知。

我必须在这封信中写下你的生活和我的生活，写下过去和将来，写下那些曾经甜美但现已变成苦涩的东西，写下那些曾经苦涩但未来或许会再化为欢欣的东西。我毫不怀疑，其中许多东西会深深刺伤你的虚荣心。若果真如此，请你一遍遍反复读它，直到它将你的虚荣彻底毁灭。若你觉得信中有对你不公正的指责，记住，人该感激世上竟有他虽被不公正地指责，但其实并没有犯过的错。若这封信中有哪怕一段话让你的眼中泛泪，就尽情哭泣吧，像我们狱中之人一样哭泣，我们这里的白天和黑夜都是专为哭泣而设的。这是唯一能拯救你的东西。假如你又跑到母亲面前抱怨——上次我在给罗比的信里数落你，你就是这么做的——让她奉承你、安慰你，使你回到得意扬扬、沾沾自喜的状态，你就完全完了。你只要找到一个虚假的借口原谅自己，就会很快找到一百个，然后安心地继续做从前的自己。你在给罗比的回信里说我硬给你安上些"不堪的动机"，你现在还坚持这么说吗？啊！你在人生中哪有什么动机可言。你有的只是浅薄的欲望而已。动机是一种智识上的目标。你是不是现在还坚持说我们的友谊始于你"年少无知"之时？你的毛病不在于你对人生知道得太少，而在于你知道得太多。少年时光就如曙光初露的黎明，有娇嫩的蓓蕾，有纯净清澈的晨曦，有纯真和希冀带来的欢愉，可这些都被你远远抛于脑后。你早就脚步飞快地从浪漫奔向了现实。你开始对阴沟和阴沟里的东西着迷。这才是你麻烦的根源。你惹上麻烦后求助于我，而我，出于怜悯和善意对你出手相助，在世俗的智慧看来那是如此不明智。请你务必好好读完这封信，尽管其中的一字一句也许会像手术医生的火和刀，让娇嫩的皮肉灼痛或流血。记住，诸神眼中的愚人和世人眼中的愚人大不相同。艺术革新的种种模式，思想演进的种种步骤，拉丁诗的华丽文采，元音化希腊语的丰富音韵，托斯卡纳式样的雕塑，伊丽莎白时代的歌谣，一个人可以对这些一无所知，却仍充满最甜美的智慧。而真正的愚人，被诸神嘲笑或损毁的愚人，是没有自知之明的人。我曾是这种愚人，我当这种愚人当了太久。你仍是这种愚人，你当这种愚人也当了太久。别再这样下去了。不要害怕。肤浅是最大的恶习。只要能领悟，无论悟到什么都是对的。你还要记住，这信中任何让你读了悲苦的东西，我写下时必然比你更加悲苦。那看不见的力量一向待你不薄。它准许你看到生命种种悲惨怪诞的形状，就像在水晶球里看到阴影。美杜莎的头颅本会把活人变成石头，命运却允许你只在镜中望到它。你自由自在地走开，依然穿行于花丛。而我却已被剥夺了自由,再触不到有声有色的美丽世界。

我首先要对你说,我非常自责。我是一个身败名裂、已完全毁了的人,当我身着囚衣坐在这黑暗的牢房里,我责怪自己。在每一个忽睡忽醒、烦乱煎熬的夜晚,在每一个单调无聊、漫长苦痛的白日,我责怪的都是我自己。我怪自己任一段毫无智识的友谊完全主宰了我的人生,这友谊的主要目标根本不是创造和思考美好的东西。从最开始,你我之间的差距便太大了。你在中学里就很懒散,在大学里更是比懒散还坏。你没有意识到,对艺术家而言,尤其是我这样作品质量极为依赖强烈个性的艺术家,创作需要思想的交流陪伴、智识的氛围滋养,还需要安宁、平静和独处。我的作品完成后你赞赏崇拜,你享受首演那几夜的辉煌成功,和演出后辉煌华丽的庆功宴;你为能当上如此杰出艺术家的密友感到骄傲,这也是自然的事。但你无法理解艺术作品的产生需要哪些必不可少的条件。我想提醒你,在你我共处的所有时间里,我从未创作出一行作品,这么说不是修辞上的夸张,而是在实事求是地陈述事实。不管是在托基、戈灵、伦敦、佛罗伦萨,还是在其他地方,只要你在我身边,我就灵感枯竭,一个字也写不出来。而非常遗憾的是,在那段时间里,除了少数几次之外你时时都在我左右。

比如我记得1893年9月的那次——例子太多我只说这一个吧——我特地租下一间套房,就为了不受打扰地写作,因为当时我答应给约翰·赫尔[2]写一个剧本,合约上的交稿日期已经过了,他正催我催得紧。头一个星期你没来找我。先前我们对你翻译的《莎乐美》艺术价值有分歧(这实在谈不上奇怪),所以你负气不来找我，只给我寄些愚蠢的信纠缠此事。在那一周中，我写完了《理想丈夫》的第一幕，每个细节都打磨完毕，最后演出的时候就是完全照着这个剧本演的。第二个星期你回来了，我实际上就完全停笔，根本无法创作了。我每天早上十一点半到圣詹姆斯旅馆，以便有机会不受打扰地思考和写作，因为我家虽然安静平和，还是免不了有些干扰。但我这样做全是徒劳。你十二点钟驾车来，待在我那里一边抽烟一边喋喋不休，直到一点半，然后我又得带你去皇家咖啡厅或柏克莱餐厅吃午饭。加上餐后的利口酒，这顿饭通常要吃到三点半。然后你去怀特俱乐部歇一个钟头，到用下午茶的时候又会准时现身，一直待到该换衣服去吃晚饭的时候。你和我一起用餐，要么在萨瓦伊酒店，要么在泰特街。我们照例要耗到午夜后才分手，因为不去威利斯餐馆吃完宵夜，你是断不肯结束这迷人的一天的。在那三个月中，这就是我的生活，每天如此，只有你出国的那四天除外。之后我当然又得专门跑一趟加来，把你接回国。对我这样心性脾气的人来说，这简直是既荒谬又悲剧的境况。

现在你总该意识到了吧？你缺乏独处的能力；你天性过度索求别人的关注，一味要别人花时间陪你；你根本没法把注意力持久集中在智识方面的东西上，对这些东西，你还没能养成"牛津气质"——我不愿把你想得更坏，所以就当这是种不幸的偶然吧，我的意思是，你从来就是这样的人，不能优雅地玩味思想，只会粗暴地乱下结论。你现在一定已经明白了吧？这些东西，再加上你一向只对生活而不是艺术抱有欲望和兴趣，不仅让你自己不能提高文化修养，还使作为艺术家的我无法创作。当我对比你我的友谊和我与其他人——比如约翰·格雷[3]和皮埃尔·路易,他们还比你更年轻——的友谊,我为自己感到羞愧。和他们以及与他们类似的人在一起时,我才过着真正的生活、层次更高的生活。

你我的友谊导致了什么骇人的恶果,这里暂且不说了,现在我只想说说这段友谊尚存续时质量如何。对我而言,那是智识上的堕落。你有新芽般刚刚萌出的艺术家气质。可我遇见你的时机不对,要么太晚,要么太早,我也不知道是哪一种。你不在的时候我很好。上面说到的那年的12月初,我说服你母亲把你送出英国。你一走,我就补好支离破碎的想象力之网,重新掌握了自己的生活。我不仅写完了《理想丈夫》剩下的三幕,还构思甚至几乎完成了另外两出类型与之完全不同的戏剧,《佛罗伦萨悲剧》和《圣妓》[4]。可你突然回来了,不请自来,不受欢迎,对我的幸福造成了致命的打击。那两部还没修饰好的作品就此被搁下,我再也没能重新提笔。因为我再也找不回创作它们时的灵感和心境了。现在你也出版过一本诗集了,应该能明白我说的句句属实。不管你能不能理解,这个丑陋的事实都是你我友谊中最核心的东西。当你和我在一起时,你是我的艺术的终极毁灭者。一想到我竟允许你执拗地把我与艺术隔开那么久,我便感到最深刻的羞愧与自责。你无法知道,无法理解,无法欣赏。我根本无权指望你做到那些。你的兴趣仅在美酒佳肴和宣泄情绪。你的欲望只在寻欢作乐,找些平庸的享受,甚至比平庸更低下的快感。你的心性脾气只追求这些就够了,或者认为当下只追求这些就够了。我本该禁止你随便踏足我家和我的套房,除非我特意请你才准你来。我毫无保留地责怪自己那时的软弱。全都是因为我软弱而已。 对我而言,与艺术相处半小时永远胜过与你厮混一整天。不管在我生命的哪个阶段中，与艺术一比，任何东西都是微不足道的。可对艺术家而言，若是某种软弱令想象力瘫痪，那么那种软弱便不啻犯罪。

我还怪自己任由你搞得我在经济上彻底破产、信用扫地。记得1892年10月初的一个早晨，我与你母亲在秋叶渐黄的布拉克内尔森林里对坐聊天。当时我对你的本性尚知之甚少。此前我只和你在牛津从周六待到周一。还有一次是你和我在克罗默住了十天，一起打高尔夫球。我们的话题转到你身上，你母亲开始对我谈你的性格。她说你有两个主要的缺点，一是虚荣；二是，用她的原话说，你"对金钱的观念大错特错"。我清楚地记得当时我对这话一笑而过。我哪里想得到，这第一个缺点日后会把我送进监狱，而第二个缺点会让我破产。那时我还以为虚荣心只是一种优雅的装饰，就像年轻男子佩在胸前的花朵；至于铺张浪费——我以为她那句话不过是说你爱铺张浪费——精明节俭的美德既不符合我的本性，也不是我家庭的传统。可你我的友谊又延续了还不到一个月，我便开始明白你母亲说的到底是什么意思。你执意要过的是一种挥霍无度的生活：你无休无止地向我要钱；你认为你寻欢作乐的一切开销都该由我支付，不管你是不是同我一起。这样一来，我不久就陷入了严重的经济困难。你把我的生活抓在手里，越攥越紧，不肯放手。而对我来说，这些铺张浪费不管怎么看都十分单调无趣，因为那些钱几乎都用来满足口腹之欲，或者花在诸如此类的享受上。不时让餐桌被美酒和玫瑰映红确实令人欢愉，但你丝毫不知节制，败坏了一切品位和趣致。你需索无度，毫无风度。你心安理得地从我这获得一切，连一句感谢都没有。你渐渐养成了习惯，觉得花我的钱过你此前不能经常享受的奢侈生活是理所当然。而且你的胃口越来越大，最后竟到了这种地步：你在阿尔及尔的赌场里输了钱，就在第二天一大早拍电报到伦敦，要我把你损失的金额存进你的银行账户，然后完全把这事抛诸脑后。

让我告诉你，从1892年秋天开始，到我入狱之日为止，我和你一起花的加上我单独为你花的，光现金就不止5000英镑，这还不算记账的部分。你执意要过的是一种什么生活，听到这个数字你总该心中有数了吧？你觉得我夸大其词了吗？我和你在伦敦的时候，寻常一天的寻常花费——午餐、晚餐、宵夜、娱乐、马车和其他种种——在12磅到20磅不等，于是一周的花销自然在80磅到130磅不等。我们在戈灵的三个月，我总共花了1340磅（自然包括房租）。破产清算的时候，我不得不与清算官员一起逐条回顾我人生中的每一步。那感觉太可怕了。"简朴的生活和高逸的思想"[5]这种理念你当时自然还不能欣赏，但如此程度的铺张，对你对我都是一种耻辱。在我的记忆里，人生最愉快的一顿晚饭是我和罗比一起在苏豪区的一家咖啡馆里吃的，那顿饭的花销以先令算的话，和我跟你吃一顿饭花的英镑差不多。我的第一本（也是最精彩的一本）对话录就是从和罗比吃的那顿饭里取得的灵感[6]。那本书的思想、标题、处理手法、表达模式全来自一顿三个半法郎的套餐。而我与你共进的那些铺张的晚餐除了太饱和太醉的回忆，什么也没留下。我对你的索取一味妥协，这对你也很不好。你现在应该明白了。因为我迁就得越厉害，你就索要得越频繁——不仅总是缺乏风度，而且有时相当不择手段。有太多次，我出钱请你，却既得不到什么快乐，也觉不出什么荣幸。你忘了作为客人该给我什么回报——我说的不是正式的客套感谢，因为正式的礼节会让亲密的友谊显得生分——我说的回报不过是美好优雅的陪伴，愉快迷人的对话（希腊人称之为 τερπνόν κακόν[7] 的东西），还有一切让生活显得可爱的人性温柔，这些东西就像音乐一样为生活伴奏，使万物和谐，使荒芜死寂之处充满旋律。也许你会觉得奇怪，一个处境像我这样不堪的人为什么还要计较一种耻辱和另一种耻辱之间的区别。但我还是要坦率地承认，我愚蠢地将这么多钱财虚掷在你身上，让你挥霍我的财富，不仅害了你，也害了我，在我看来这让我的破产显得尤为庸俗和堕落，让我感到双倍的愧怍。老天生我，不是为了让我过这样的生活。

但我最自责的还是我任由你把我拖入道德彻底败坏的境地。人格的根基是意志力，我却完全臣服于你，放弃了一切个人意志。这听上去难以置信，却是不折不扣的事实。你无休无止地使性子、闹脾气，仿佛这于你是种生理上的必需。在一次次的吵闹中，你的身体和心灵都变得扭曲，成了一个我不想看见也不想听见的怪物；你从你父亲那里继承了那种可怕的疯狂，因此热衷于写些令人恶心、惹人厌烦的书信；你完全不会控制自己的情绪，有时长时间地闷闷不乐、一言不发，有时突然暴怒，像癫痫发作似的大吵大闹。凡此种种，我都在给你的一封信中提过，而你却把那封信随手丢在萨瓦伊酒店或是其他某家酒店里，结果被你父亲的律师拿到法庭上当作告我的物证。我在信中苦苦哀求你别总这样，其中不乏引人恻隐的哀婉之词，要是你当时能读懂词句中的哀婉，理解那种心情，就不会那么无动于衷[8]。你对我的需索与日俱增，而我要命地一味妥协，我想，根源和原因就在于这些。你把我折磨得筋疲力尽。这是低下的心性赢过了高尚的心性。这是弱者对强者的暴政，我在我的一部剧本里曾说，这种暴政是"世上唯一能够持久的暴政"[9]。

　　而这一切都是无法避免的。在与他人的每一种关系里，人都得找到某种"相处之道"。而你的相处之道就是逼迫别人要么全听你的、放弃自己的意愿；要么全都不要，放弃你。根本没有其他选择。因为我深深爱你，即便那是错爱；因为我极为怜悯你脾气性格上的缺陷；因为我出了名的好心肠，又有凯尔特人那种懒得争执的个性；因为我们艺术家都爱逃避粗鲁的场面和恶毒的言语；因为我不肯让任何人恨我，这是我当时的性格特点；因为我不愿让一些鸡毛蒜皮的小事把生活弄得丑陋酸苦，我觉得它们太过琐屑，不值得我多看一眼，多想一刻，而我眼里真正看中的是另外的东西——这些理由也许听来简单，但正是因为这些我总是全听你的、放弃自己。于是，自然而然地，你的要求，你控制我的手段，你的勒索变得越来越不可理喻。你觉得他人该把你卑劣的动机、你低下的品位、你庸俗的激情视为法律，事事服从你的摆布；如有必要，你会为了这些毫不犹豫地牺牲掉别人。因为你知道只要大吵大闹就能事事如愿，所以自然无所不用其极地施展粗俗的感情暴力，我毫不怀疑你这么做几乎是无意识的。到了最后，你甚至记不得乱发脾气到底是出于什么缘故、什么目的。你已把我的天才、意志力、财富统统据为己有，却还不知满足，无尽的贪婪遮蔽了你的双眼，你疯狂地要我把我的整个存在都给你。你夺走了我的整个存在。我人生中最关键、最悲剧的一刻，在我就要可悲地踏错那一步、做出那个荒谬的举动之前的一刻，我腹背受敌，一面是你父亲攻击我，在我的俱乐部里给我留丑陋不堪的卡片；另一面是你攻击我，给我写几乎同样可憎的书信。我任你把我领到警察局，去申请逮捕你父亲的荒唐拘捕令，那天早上我收到你写来的信，那是你写过的最糟的一封，而且你写那封信的动机极端可耻。我夹在你们两人之间焦头烂额，所以失去了理智。我的判断力弃我而去，恐惧占据了本该由判断力占据的位置。坦白地说，我看不到任何出路，觉得你们两人的手心我都逃不出。我像一头盲目的公牛，跌跌撞撞地自己走进了屠场。我在心理上犯了一个巨大的错误。我一直以为我在小事上放弃自己的意愿向你妥协没什么大不了的：我以为到了关键时刻，我定能重拾意志力，因为我的意志本就比你强。可我想错了。真到了那个关键的时刻，我的意志力完全失效了。在一个人的生命里，其实并无大事与小事之分。所有事情价值相等，轻重相当。我习惯一切向你妥协——最初主要只是因为漫不经心，但不知不觉间这习惯已实打实地成为我个性的一部分。它早已塑造了我的性情，把它永久定型为致命的心态，我自己却丝毫没有觉察。正因此，佩特才会在他散文集第一版的那篇微妙的后记里说"失败始于习惯的养成"[10]。当时牛津的那群无趣之人只道这话是故意跟亚里士多德《伦理学》里那句我们多少听厌了的老话唱反调，全然不知佩特的话里藏着一条既叫人赞叹，又让人惊骇的真理。我任由你榨干我的意志力量，对我而言，这习惯的养成不只通向失败，而且通向毁灭。你在道德上对我的损毁更胜于在艺术上。

拘捕令一批下来，你的意志自然主宰了一切。我本该在伦敦听取律师的良言，冷静想想自己后来一头钻进去的是个怎样丑恶的圈套——你父亲至今还称其为"给傻子设的陷阱"。可你却非要我带你去蒙特卡洛，好让你能在那个天底下最叫人恶心的地方夜以继日地豪赌，除非赌场关门才能叫你停下。至于我，因为我对赌博没有兴趣，所以你把我丢在赌场外面，任我一个人自生自灭。你绝口不提你和你父亲把我推入了何等处境，甚至不肯花五分钟跟我谈谈这个问题。我唯一的用处就是付你的旅馆钱和输掉的赌资。只要我稍微提及我即将面临的磨难，你便十分不耐烦。这话题对你而言，还不及侍者推荐给我们的新香槟酒牌子有趣。

我们回到伦敦以后，真正盼我幸福的朋友都恳求我退避国外，别去打一桩绝不可能赢的官司。你说他们提这些建议别有用心，又说我若听从他们便是懦弱胆小。你逼我留下来硬着头皮应战，如果可能，就在法庭上做伪证，死死咬住些荒唐愚蠢的谎言。最终的结局，自然是我被捕入狱，你父亲却一时成了英雄：岂止是一时成了英雄，你的家族现在竟跻身不朽的行列，实在堪称离奇。历史中总会蹦出些离奇古怪的元素，克利俄因此成了九位缪斯女神中最不正经的一位，借助同样光怪陆离的效应，你父亲将在主日学校的读物里永远扮演心思纯良、宅心仁厚的好父亲，你也会像婴儿撒母耳般纯洁无瑕，唯我被打入第八层地狱，与吉尔斯·德·莱斯和萨德侯爵同列一席[11]。

我当然早该摆脱你的。我该把你赶出我的生命，就像人把叮咬他的虱子从衣服上抖落。埃斯库罗斯在他最好的一出戏剧中写一位大领主把一头小狮子领回家，对它疼爱有加，因为只要他叫一声，小狮子就满眼放光地跑过来，还会撒着娇向他讨吃的，那毛茸茸的腿脚、肩膀和肚皮好不可爱。可那家伙长大后便露出兽性，把领主和他的房屋财产统统毁了[12]。我觉得我就和那位领主一样。但我错不在没有与你分手，而是错在太常与你分手。就我记得，我每三个月照例要断绝一次与你的友谊，可每次我要分手，你不是动用哀求、电报、书信，就是撺掇你的或我的朋友前来说情，每次都能用这些手段诱使我让你回来。1893年3月末，你从我在托基的家里出走，当时我决心再也不和你说话，不管发生什么都不许你再同我一起，因为你走前的那个晚上吵得太不像样，实在叫我反胃。你从布里斯托尔又是写信，又是发电报，求我原谅你，求我再跟你见面。你的导师（你走后他还留在我家）对我说，他觉得你并非有意为之，只是有时实在控制不住自己的言行，还说这一点在莫德林学院就算不是所有人的共识，至少也是大部分人的意见。我同意与你见面，然后我当然又原谅了你。在回城里的路上，你求我带你去萨瓦伊酒店。那一趟对我而言实在是一次致命之旅。

三个月后，6月的时候我们在戈灵。你在牛津的一些朋友来访，从周六待到周一。他们离开的那天早晨，你又当众大闹一番，场面如此可怕，令我无比痛苦，让我不得不对你说我们必须分手。我至今还记得很清楚，那天我们站在平坦的槌球场上，四围都是漂亮的草坪。我向你指出，我们在糟蹋对方的生命，你绝对在毁掉我的生活，而我显然也没有让你真正快乐。我说合乎哲学的明智之举只有一个，就是彻底分手、永不回头。午饭后，你郁郁不乐地走了，留了一封你写过的最恶语伤人的信，要管家在你走后交给我。可是还没过三天，你又从伦敦给我拍电报，求我原谅你，让你回来。我租下那个地方,就是为了让你高兴。我还按照你的要求专门雇来了你的仆人。你脾气那么坏,自己也深受其害,我总为这个倍感遗憾。我很喜欢你。所以我让你回来,并原谅了你。可是三个月后,也就是9月的时候,你又是一波吵闹,只缘我在你试译的《莎乐美》中指出了一些小学生才会犯的错误[13]。如今你想必已对法语深有造诣,能看出那份译稿既配不上你牛津学生的身份,也配不上它想传达的原作的水平。你那时当然还不明白,你为了这事给我写了那些言辞激烈的信,其中一封说你对我"在智识方面没有任何义务"。我至今记得,读到这句话时我觉得,在我们的整段友谊中,你写给我的话里只有这一句千真万确。我当即看出,一个文化修养低些的人才会远比我更适合你。我这么说绝非因为怨恨你,而只是陈述一个关于伴侣的事实。归根到底,人与人的一切伴侣关系(不管是婚姻还是友谊)纽带皆在对话。对话必须有共同的基础,而如果两人的文化修养相差甚远,这个共同基础就只可能在较低的层次上。琐屑肤浅的思想和行为有其迷人之处,我曾以它为基石构造出一种非常妙的哲学,在戏剧和悖语里表达。可在我们的生活中,那些渣滓泡沫般的空谈和蠢话常常让我深感疲倦;你我只在污泥里相遇,你的话题永远只围绕这一个中心,虽然你把这个话题讲得很迷人,非常迷人,但到最后我还是觉得太单调乏味。我常常被你的言谈烦得要死,但我接受了,就像接受你对音乐杂耍剧场的热衷,接受你对穷奢极欲的吃喝的狂热,接受你的其他一些在我看来不那么迷人的特质。也就是说,我把这些视为我不得不忍耐的东西,视为为了解你而不得不付出的高昂代价。离开戈灵后,我去第纳尔待了两周。你因为我没有带你同去而大发雷霆。为了这事，我动身之前你就在阿尔伯玛尔酒店大闹了几场，我在一座乡村别墅里暂住几日时，你又往那里连发几封同样令人不快的电报。我还记得，我早就跟你解释过，我认为你一整个夏天都不在家人身边，现在该尽点义务陪他们一阵。但实际上，让我完全坦白地告诉你吧，其实我是无论如何都不能再同你在一处了。我们已经共处了近十二周，你的陪伴是可怕的压力，我需要逃离它，需要自由和休息。我必须有一小段独处的时间，这于我而言是一种智识上的必需。因此，我坦白，我从你的信中（就是上面引用的那一封）看到一个分手的绝好机会，结束这段萌生于你我之间的致命友谊，不留怨恨地了结它，三个月前，在戈灵的那个明媚的6月清晨，我试图做的也正是这么一件事。可那时却有人跑来替你说话——我必须坦率地说那人是我的朋友，你在困境中向他求助——说我要是像老师退回小学生的习作似的把你的译稿退给你，就会让你深受伤害，也许还会让你几乎觉得没脸见人了；说我在智识上对你太过苛求了；还说不管你写过什么、做过什么，你对我的挚诚都是全心全意、绝不掺假的。你在文学上才刚刚起步，我不愿做第一个泼你冷水、让你心灰的人；我也非常清楚，除非找一位诗人翻译《莎乐美》，否则任何翻译都无法恰当地传达我作品的色彩和节奏；而挚诚却是一件极美好的东西，不该被轻易丢弃，我当时是这样想，现在依然是这样想。因此我再次接受了你的译稿，也再次接受了你。整整三个月后，你先一再当众大闹，又在周一晚上由两个朋友陪着，来到我的套房里，这最后一次发作简直登峰造极，不是一般的叫人反胃。为了躲避你，我竟至于第二天早上急忙飞奔国外，对家人编了个必须突然动身的荒唐借口，还给仆人留了个假地址，就怕你乘下一班火车追踪而至。我还记得，那天下午我坐在火车车厢里向巴黎疾驰，心里想的是我怎会把自己的生活搞到如此荒谬、可怕、大错特错的境地：我，一个名满全球的人物，竟会被迫逃离英格兰，为的是摆脱一段友谊，这友谊不管在智识上还是道德上都摧毁了我心中所有美好的东西；而我想逃离的那个人，那个和我纠缠了许多时日的人，不是什么从污泥潭、臭水沟里突然跳入现代生活的可怕怪物，而是你，一个与我同阶层、同地位的年轻男子，和我上过同一个牛津学院，是常来我家做客的上宾。和往常一样，满纸哀求悔过的电报尾随而至：我不予理睬。最后你威胁说，除非我同意跟你见面，不然你绝不答应到埃及去。恳求你母亲把你送到埃及，远离英格兰的正是我本人（这事你是知情且同意的），因为你待在伦敦是在毁掉你的生活。我知道要是你不去埃及，你母亲定会失望至极。为了她，我跟你见了面。在强烈感情的影响之下（就算是你，也忘不了那时的情景吧），我原谅了过去的一切——但对于未来，我什么也没说。

　　我记得第二天我回到伦敦，坐在自己房里，悲伤而认真地想让自己下定决心：你究竟是不是像我想的那样，充满可怕的缺点，对你自己、对他人都是彻头彻尾的祸害，别说跟你一起，就连认识你都是致命的？这个问题我想了整整一星期，不断琢磨会不会是我不公正地误判了你。那周结束的时候，我收到一封你母亲的来信。她在信中对你的描述把我对你的每一种感想都表达得淋漓尽致。她提到你盲目而夸大的虚荣心，你因此鄙夷家人，把你那位老实人哥哥当作不懂文化艺术的"市井庸人"对待；她提到你的脾气，因此明明猜到、知道你过着什么样的人生，也不敢跟你谈论；她提到你对金钱的态度，这在不止一个方面让她痛苦忧心；她还提到你的堕落和变化。当然，她也看出家族遗传让你背负了一笔可怕的遗产，她坦然承认这一点，满怀恐惧地承认，"我的所有孩子中，他是继承了道格拉斯家致命脾性的那一个"，信中她是这样说你的。信的末尾她觉得有必要声明，在她看来，你与我的友谊放大了你的虚荣心，成了你一切缺点的根源，她热切恳求我不要与你在国外见面。我立刻给她回了信，说我完全同意她信里的每一句话。我又追加了许多对你的看法，把我能对她讲的都说出来了。我告诉她，你我的友谊源于你在牛津读大学时陷进了一桩性质十分特殊的严重麻烦，所以跑来求我帮你。我告诉她，你的生活此后依旧如故，继续被同一类麻烦所困。你说你去比利时是那位同行旅伴的错，你母亲怪我当初把他介绍给你。我对她解释了担起犯错之责的到底该是谁的肩膀——就是你的。我在结尾处劝她安心，并向她保证我丝毫没有在国外同你见面的意图，还央求她尽力让你留在国外：若能办到就为你在使馆里谋个荣誉随员的职位，若办不到就让你在那里学习现代语言，再不行就请她随便挑个理由，至少让你在国外待上两三年，这既是为了你好，也是为了我好。

在这期间，你从埃及不断给我写信，每个邮班都少不了你的信。这些书信我全然没放在心上，读是读了，但读过就撕毁。我那时已经冷静下来，不愿再与你有任何瓜葛。我决心已定，很高兴地再次投身此前我容许你打断的艺术创作。可三个月后，你母亲竟亲自写信给我（意志软弱是她性格上不幸的特征，而在我的人生悲剧中，你母亲的软弱与你父亲的蛮暴论致命程度实在不相上下）——当然是受你唆使，这我毫不怀疑——说你因没收到我的回信而寝食难安，还随信附上你在雅典的地址（其实你住在哪里我当然知道得再清楚不过），好叫我找不到借口不与你联系。我坦白，收到她的信时我万分惊讶。我无法理解，在她12月给我写了那封信后，在我回信答复她后，她怎么又来试图修复或重建我与你这段不幸的友谊。当然我还是给她回了信，再次敦促她速速努力让你与某间外国使馆搭上线[14]，以防你回英格兰来。但我并没有给你写信，对你发来的电报也像你母亲来信前一样不予理睬。最后你居然给我妻子发电报，求她动用她的影响力劝我写信给你。你我的友谊一直是她苦恼的根源，不仅因为她从来不喜欢你这个人，而且因为她眼见你的长期陪伴让我变了，不是向好的方向变。即便如此，就如她自己一贯以最亲切友好的态度对你一样，她不能忍受我对任何一位朋友有任何冷淡不善之举——而在她看来我不给你回信正属此列。她认为，不，应该说她了解，待友不周违背我的个性。在她的要求下，我同你联系了。那封电报里的字句我现在还记得清清楚楚。我说时间会愈合每一道伤口，但在未来的许多个月里，我不会给你写信，也不会同你见面。你接到这封电报后毫不迟疑地动身赶往巴黎，一路上连发数封充满激情的电报，求我无论如何也要再见你一面。我拒绝了。你到巴黎的时候是周六深夜，我已经在你下榻的酒店里给你留了封短信，说我不会跟你见面。第二天早上我在泰特街收到一封你发来的电报，足足有十页或者十一页。你在电报中说，不管你对我做过什么，你都不信我会绝情地永不见你。你说为了见我一面，哪怕只有一小时也好,你已经横跨欧洲奔波了六天六夜,日夜兼程地一刻也不肯停歇。我必须承认,你那封电文确实是篇最哀恸可怜的哭求,而且结尾在我看来似乎在威胁要自杀,而且暗示得并不算委婉。你以前常常亲口对我讲,你的家族里有多少人手上沾着自己的鲜血:你叔叔无疑是自杀而死;你祖父恐怕也是;还有许多其他人,总之你这一支的血脉里流着疯狂的坏血[15]。我可怜你;我念及对你的旧情;我考虑到你的母亲,你若这样死去,对她几乎是个无法承受的打击;我想到一个年轻的生命(就算满是丑陋的缺点,依然有希望日后绽放出美丽)就要以这样可怕的方式终结,这念头多么可怕;还有光是人道精神本身也要求我如此——如果非要找借口,以上这些就是我答应再见你最后一面的借口了。等我到了巴黎,那一晚你我对坐,你的眼泪一次又一次地夺眶而出,顺着你的面颊如雨般滑落,我们在瓦赞吃晚餐时如此,后来我们去帕亚尔吃宵夜时依然如此。你见到我时那发自内心的喜悦,你一有机会就抓着我的手,像个柔顺的、知错愿改的孩子;你的悔过之心,当时是那么简单和真诚。这一切让我同意再续我们的友谊。我们回伦敦两天后,你父亲看到你在皇家咖啡厅和我共进午餐,不仅过来和我们同桌而坐,还喝了我的葡萄酒。可就在同一天下午,他就通过一封写给你的信发起了对我的第一轮攻击。

说来奇怪,但后来你居然又一次把与你分手的责任(我不会说是"与你分手的机会")硬塞给了我。不用我提醒你应该也知道,我指的是1894年10月10日到13日期间你在布莱顿对我的所作所为。三年前的事对你已是遥远的旧事,但我们这些关在监狱里的人生活中除了悲伤再无其他事发生,只得靠一阵阵抽搐般的疼痛和一次次回忆那些痛苦的瞬间来度量时间。除了回忆，我们再没有其他事情可想。你听我这么说也许会觉得奇怪，但用痛苦折磨自己是我们存在的方式，因为只有这样我们才能感觉到自己还活着。回忆过去的痛苦对我们至为必要，因为那是自我意识存续的保证和证明。我与所有快乐回忆之间隔着一道深渊，这深渊并不浅于我与现实中的快乐之间的鸿沟。假若你我一起的生活真如世人想象的那般只有享乐、放荡和欢笑，我定无法记起其中的任何一个片段。正因为那段生活充满了悲惨、苦涩的时日，不祥的预兆，枯燥单调的争吵，和不体面的暴力，我现在才能巨细无遗地看见、听见其中的桩桩件件，其实除了这些，我再看不见、听不见别的了。这里的人如此依赖痛苦而活，所以与你的友谊（我并不想以那样的方式记得它，却不得不如此）于我总像是一支序曲，紧跟其后的就是与之和谐辉映的各种调式的苦痛，那些苦痛我每天都必须体会。不，不只如此，是与你的友谊让体会那些痛苦成为必须。仿佛我的生命，不管我自己或其他人从前怎么看它，一直以来都是一首悲恸的交响曲，一个乐章又一个乐章，有条不紊地推向最终的结局，其中包藏着无法逃避的必然，就像在艺术的世界里处理所有伟大主题的手法。

我前面谈到你在三年前的连续三天中对我的所作所为，对不对？当时我想独自待在沃辛，把我的最后一出戏剧写完[16]。你之前来过两次，但那时已经走了。可你突然又第三次出现，还带来一个同伴，而且竟说他必须住在我家里。我断然拒绝了（现在你必须承认我这么做有理有据）。我招待了你们，那是当然的；这件事上我哪有其他选择，但是要在别的地方接待，不能在我家里。第二天是星期一，你的同伴回去办他的公事，而你留在了我这里。你觉得沃辛无趣，而且我毫不怀疑，因为我一心想写剧本，那是我当时唯一真正感兴趣的事情，可惜未能如愿，这让你更无聊了，所以便坚持要我带你去布莱顿的格兰德大酒店消遣。我们到达布莱顿的那晚你病倒了，发起那种被人们傻里傻气地称为"流感"的可怕低烧，这至少是你第二次染上流感了，说不定是第三次。我不用再提醒你回忆当时我是怎么服侍你、照顾你的，不仅是各种不厌其精的鲜花、水果、礼物、书籍，以及其他种种金钱能买到的东西，还有殷勤、温柔和爱意，不管你怎么想，这些东西都是钱买不到的。除了早上出去散步一个钟头，下午驾车出去一个钟头，我从未离开酒店半步。你不喜欢吃酒店提供的葡萄，我就专为你从伦敦买来特殊的品种。我编各种故事取悦你，要么待在你身边，要么守在你隔壁的房间里。每天晚上我都坐在你床畔，哄你安静，逗你开心。

四五天后你康复了，我就租了房子搬出去住，想把剧本写完。你自然又是同我一起。我们搬完住处安顿下来的第二天早晨，我觉得很不舒服。你有事要去伦敦，但承诺下午就回来。结果你在伦敦遇见了朋友，所以直到第二天晚上才回到布莱顿，那时我已经发起高烧，医生说是从你那里传染了流感。结果，再没有比那套租屋更不方便病人居住的地方了。起居室在二楼，我的卧室却在四楼。没有男仆照顾我，甚至连个能送信或照医生嘱咐买些东西的人都没有。但有你在，所以我一点儿也不担心。可接下来的两天，你把我孤零零地扔在那里，没人照顾，没人看望，什么也没有。那不是什么葡萄、鲜花、精美礼品的问题，我连必需品都没有：我甚至弄不到医生嘱咐我饮用的牛奶，柠檬水更是被宣告为遥不可及的东西。我央求你去书店给我买一本书，还说要是找不到我要的那本就随意另选一本，可你根本懒得跑一趟。结果我整天连本能读的书都没有，你却泰然自若地说书你给我买了，书店答应送过来，事后我碰巧发现这是你彻头彻尾的谎话。在这期间你的吃穿用度自然全是花我的钱，驾车兜风，在格兰德大酒店就餐，事实上只有问我要钱的时候你才出现在我的房间里。周六晚上我叫你吃完晚餐后回来陪我坐一会儿，那天从清晨开始你就丢下我一个人没人照管。你答应了，但语气厌烦，态度冷淡。我一直等到晚上十一点，你始终没露面。于是我在你房间里留了张字条，只为了提醒你你答应过我什么，以及这约定你是怎么守的。凌晨三点，我睡不着，又口渴难忍，便在寒冷黑暗中摸下楼，希望能在起居室里找到点水喝。没想到你在那里。你对我破口大骂，用尽了只有既无文化也无自制的醉鬼才能想出来的恶毒词语。你的自私自负就像一种可怕的炼金术，硬是把悔恨转化成了狂怒。你指控我太自私，因为我竟指望你在我生病时陪着我，指控我妨碍你消愁解闷，指控我试图剥夺你享乐的自由。你对我说，我知道这是真话，你半夜回来一趟只是为了换套衣服，好再出去继续寻欢作乐。结果我给你留了字条，提醒你已经一整天又一整夜晾着我不管了，我这样做剥夺了你再去寻开心的欲望，败坏了你再找新乐子的兴致。我回到楼上，心里非常厌恶，直到天亮都无法入睡。至于弄到东西缓解我因发烧而引起的口渴，那更是天亮以后很久的事了。十一点钟，你来到我的房间。在昨晚的吵闹中我不禁注意到，你本打算比平时更放纵自己，而我的留书至少拦住了你。到了早晨你似乎已经恢复了常态。因此我自然等着听你这次又能找出什么借口，打算怎么求我原谅，你心里一定知道，不管你做了什么，我都会原谅你的；你全心全意地相信我总会原谅你，这一向是你身上我最喜欢的一点，也许也是你身上最值得喜欢的一点。然而我大错特错，你非但没有道歉，还重整旗鼓地把昨晚的情景又演了一遍，言辞比昨晚更凶猛狂暴。你闹了很长时间，最后我只好叫你出去；你假装走了，可等我抬起埋在枕头里的头时，却发现你还站在那里。你发出一阵凶残的狞笑，以歇斯底里的狂怒突然冲向我。一阵恐惧攫住了我，我到底在怕什么，我也说不清。反正我立刻跳下床，就这样赤着脚跑下两层楼梯，逃进起居室里不敢出来，直到我摇铃叫来了房东，他向我保证你已经离开我的卧室，还承诺他不会走远，若有必要随叫随到，我才出了起居室。一小时以后（其间医生来过，发现我紧张到完全虚脱，烧得比一开始更厉害了，这是当然的），你悄悄地回来了，为的是拿钱。你把梳妆台和壁炉架上你能找到的钱一扫而空，然后带着你的行李离开了。接下来的两天我卧病在床，孤苦无告，在那两天里我怎么看你，还用得着我告诉你吗？我是否还有必要特地说明我对你的看法？你在这件事里显出的品性，使我清清楚楚地看出，和你这种人哪怕只保持泛泛之交，也是对我的侮辱。我意识到最后的时刻已经到来，并因此大大松了一口气。我明白，未来我的创作和生活在所有方面都将变得更自由、更好、更美。想到这些，我虽然病着，却觉得很轻松。分手已经不可挽回，这个事实令我安心。到了周二，我已经退了烧，还第一次下楼吃了饭。周三是我的生日[17]。在满桌的电报和书信间，有一封是你的笔迹。我展信时心里有一种伤感，因为我知道一个漂亮的词句、一句爱意的表达、一个伤感的字眼就能哄我准许你回来的时代已经过去了。可我完全想错了。我低估了你。你在我生日这天给我寄这封信只是故意要把前两次争吵详尽地再现一次，故意要狡猾而认真地把那些话白纸黑字地定格下来。你用粗俗的玩笑话嘲讽我。你说整件事情中最令你得意的是你离开后去了格兰德大酒店，把吃午餐的钱记在我账上，然后才动身去城里。你恭喜我头脑够谨慎，晓得从病床上跳起来，突然逃到楼下去。"那是你命里很凶险的一刻，"你说，"比你想象的更为凶险。"啊，我当时的感觉果然没错。我不知道你这话到底是什么意思：是不是你手里拿着那把你买来吓唬你父亲的手枪（有一次你以为那把枪没有装子弹，就在一家对公众开放的餐馆里开了一枪，当时我也在场）？是不是你我之间的桌子上恰好有把餐刀，你伸手想抓起来？是不是你盛怒之下忘了自己个子矮、力气小，打算趁我卧病之时用拳脚侮辱我，甚至真想打伤我？我不知道。我直到现在也不知道。我只知道当时一种极度恐怖的感觉攫住了我，我觉得必须立刻离开房间逃走，否则你就会做出，或试图做出，某种即使是你这种人也会终身觉得羞愧的事。在我的一生中，让我感到这种程度的恐惧的人除你之外只有一个。那次是在泰特街我家的书房里，你父亲一双小手在空中乱挥，狂怒似癫痫发作，我和他之间还站着他的打手（按他的说法是他的朋友）。他站在那里口吐恶言，说尽了他那颗肮脏的心灵所能想出的每一个肮脏的字眼，尖叫着他事后狡诈地付诸实施的那些令人作呕的威胁。后一件事中先离开房间的自然是他，我把他赶了出去。而前一件事中离开房间的是我。我觉得我有责任救你，不能让你把自己害了，而我感到这种责任并不是第一次了。

你在那封信的结尾说："当你不站在基座上被当作偶像崇拜时，你这人其实很无趣。下次再碰上你生病，我会立刻转身走开。"啊，揭开那层外皮以后，你露出的本性是何等粗鄙！全然没有一点想象力！此时你的脾性气质已变得多么冷酷无情，多么平庸低劣！"当你不站在基座上被当作偶像崇拜时，你这人其实很无趣。下次再碰上你生病，我会立刻转身走开。"当我辗转各处监狱，在一个个单人牢房里凄凉独坐时，这句话曾多少次回荡在我的脑海中。我一遍又一遍地对自己复述这句话，并从其中窥破了我入狱以来你为何始终奇怪地保持沉默的秘密，我希望是我不公正地冤枉了你。我染病发烧全是因为照顾你时被你传染，你事后却给我写这么一封信，其粗鄙残忍当然令人作呕。世界上任何一人给他人写这么一封信都是不可饶恕的罪孽，如果这世界上真有不可饶恕的罪孽的话。

我坦白，读完你那封信我几乎觉得自己受了玷污，和你这样一个人交往仿佛已经弄脏了我的人生，使其沾上耻辱，再也洗不干净。没错，我已经弄脏了我的人生，但直到六个月后我才充分意识到那污渍有多骇人。我打定主意那个周五就回伦敦，面见乔治·刘易斯勋爵，请他给你父亲写信，说明我已下定决心与你一刀两断，不管发生什么都绝不再容许你走进我家、坐在我的餐桌旁、同我说话、跟我一起散步，或在任何其他时间地点与我共处。我打算办完这件事再写信给你，只通知你我采取了什么行动，不解释原因，因为原因你自己肯定悟得出来。周四晚上我本已将一

25

切安排停当。周五早晨,我坐下来准备吃早餐,无意中打开报纸,却看到报上登了一封电文,说你哥哥,你家真正的家长,爵位的继承人,家里的顶梁柱,被发现死于一条沟里,身边是他发射过的空枪[18]。这悲剧的一幕让我惊骇,现在大家已经知道那是一起事故,但当时此事有着更黑暗的暗示。这样一个人见人爱的人突然死去,而且几乎死于成婚前夕,教我十分悲恸。我猜你一定至为悲痛,想到你母亲将面临多么悲惨的境地,你哥哥一向是她生命中安慰与喜乐的源泉,她曾亲口告诉我,自他出生起从未让她流过一滴眼泪;我还想到你此刻会多么孤独,你的另外两位兄弟都不在欧洲,所以你的母亲姐妹凡事只能依赖你,不仅要靠你的陪伴抚慰悲伤,还要指望你担起那些可怕的责任,因为死亡总是伴随着许许多多琐碎劳神的事务。即便不谈这些,光是想到"万物之泪"[19],这世间一切盖由眼泪做成,而人类的一切底色无不是悲伤——所有这些思想和感情齐齐涌入我的头脑,让我对你和你的家人无限哀怜。我立刻忘了我自己的悲伤和我对你的不满。我卧病之日你虽那样待我,我却不忍在你居丧之时以同样方式对你。我立刻给你拍了电报,表达我最深切的同情;紧接着又给你写了一封信,邀请你有空抽身后立刻到我家里来。我觉得在那样一个特殊的时刻抛弃你,而且是通过律师正式与你断交,对你而言实在过分可怕了。

你被召去悲剧现场,从那里回伦敦后,你立刻跑来找我。那天你的样子特别甜美、特别单纯,一身丧服,眼里闪着泪光。你向我讨要安慰和帮助,就像个孩子似的。我向你敞开了我的房子、我的家,还有我的心。我把你的悲伤变成我自己的悲伤,这样就有人帮你分担悲伤了。你从前怎样对我,那些令人作呕的吵闹场景,你写给我的那封令人作呕的信,我都只字不提。你的丧亲之痛是如此真挚,我觉得这感情似乎在把你推向我,让你我靠得比从前任何时候都近。你从我这里拿走了一些鲜花,放在你哥哥的坟墓上,我觉得那些花儿不只象征着他生命的美,还象征着沉睡于所有生命中、有朝一日会在阳光下被唤醒的美。

众神是多么奇怪,不仅会借我们自身的恶来祸害我们[20],还让我们因心中的美好、温柔、人性和爱而走向毁灭。如果那时我对你及你的家人不抱同情和爱意,现在我就不会在这个可怕的地方哭泣。

当然,在我与你的所有纠葛中,我不仅看到命运,还看到我无法躲避的劫难:劫难总是步履如飞,因为她要奔向血光之地。因为你父亲那边的血脉,你来自一个可怕的家庭,与这家人缔结婚姻是可怕的,建立友谊是致命的,你们暴力的双手不是要取自己的性命,就是要取别人的性命。在你我生命相交汇的每一个看似微不足道的节点上,在每次你向我寻欢、求助的那些看似无关紧要的事件中,那些微小的机缘,那些轻忽的偶然,与整个生命相比仿佛就相当于在光线里舞动的一粒尘埃,或从树木上飘落的一片叶子,可它们身后偏偏总是紧跟着毁灭。毁灭像一声痛呼后的回音,像猛兽扑向猎物时腾起的阴影。你我友谊真正的开端是你给我写的一封无比可怜又无比迷人的信,求我把你从一种骇人的困境中救出来,那困境不管对谁而言都十分可怕,对一个牛津的年轻人而言无疑更是如此。我帮了你。我与乔治·刘易斯勋爵本是相交十五年的老朋友,后来你总在他面前以我的朋友自居,我因此渐渐失去了他的尊重和友谊。没了他的忠告、帮助和关怀，我的生命便失去了一重重要的保障。

你曾寄给我一首十分美妙的诗，说是为本科生诗社而作，望我品评。我在回信中任文学的幻想驰骋[21]，把你比作海拉斯、雅辛托斯、琼奎伊尔和纳西瑟斯[22]，又说你是诗神眷顾、偏爱的宠儿。那封信就像取一段莎士比亚的十四行诗改作小调，令其略不那么热烈浓重。只有读过柏拉图《会饮篇》，或是明白希腊雕塑怎样把一种庄严宏大的情绪以美的方式呈现的人，才能理解其中的意思。让我坦白说吧，在我心情好或者任性的时候，牛津或剑桥的随便哪位优雅的年轻人若寄一首自己创作的诗来，我都会回一封类似的信，因为我相信他的智慧和文化足以帮他正确解读信中那些奇想天开的字句。结果，看看我给你的这封信后来经历了什么！它从你手里转到了你的一个讨厌的同伴手里，又从他手里流到一帮敲诈勒索之徒手中，结果许多抄本在伦敦四处流传，我的朋友们看到了，我的作品正在上演的剧院的经理也看到了。人们弄出了各种解读，可谁也没猜对。社交界兴奋不已地乱传一条荒唐的谣言，说我因为给你写了这么一封不光彩的信而被勒索了一笔巨款。日后你父亲对我进行最恶毒的攻击时，正是以此为基础。我在法庭上出示了此信的原件，让大家看看里面到底写了些什么。结果你父亲的律师声讨我写这封信的动机阴险可憎，说我意图腐蚀一颗纯洁的心灵。最终，这信竟成了对我的刑事指控的一部分。法院接受了这件证据，法官学识太少而道学太多，曲解了信里的意思。最后我因这封信进了监狱。我不过是给你写了一封优美迷人的信，谁知竟为此落到这般下场。

我在索尔兹伯里同你一起的时候，你从前的一位同伴给你寄了一封恐吓信，把你吓得不轻。你求我去见那人，帮你处理。我照办了。结果我遭了殃。我被迫承担你做过的一切，为那些事负责。你没拿到学位要从牛津退学的时候，给身在伦敦的我发电报，要我过去找你。我立刻从命。你要我带你去戈灵，因为在当时的情况下你不想回家。在戈灵，你看上一所喜欢的房子，我为你租下来——其结果不管从哪个角度看对我都是一场灾难。有一天你跑来找我，求我看在你我私交的分上帮你一个忙，给牛津的一份即将发行的本科生杂志写点东西，因为那杂志是你的一个什么朋友主办的，尽管我从没听说过那人，对他一无所知。为了讨你欢心——为了讨你欢心我什么事没做过？——我把本来打算发表在《星期六评论》上的一页悖语寄给了他[23]。结果，因为这份杂志的性质，几个月后我发现自己站在老贝利街[24]的被告席上。法庭最后对我的指控也包括这一项。我被传讯去为你朋友的散文和你的诗作辩护。对前者，我无从辩护；对后者，我强辩到底，因为我对你年轻的文学创作和你年轻的生命怀着极端到令人痛苦的无限忠诚，我绝不能容忍有人说你写的东西有伤风化。可不管我怎样辩解，到头来我还是进了监狱，为了你朋友的那份学生杂志，为了你那句"不敢说出自己名字的爱"[25]。圣诞节的时候，我送你"一件非常漂亮的礼物"（你在向我道谢的信里是这样称呼它的），我知道你早就想要那件东西，其实也就值40多英镑，最多不会超过50英镑。后来我命里的大灾到了，我完全毁了，法警查抄了我的藏书拿去拍卖，就为了支付买那件"非常漂亮的礼物"欠下的钱。要不是为了这件东西，他们本来是不会闯进我家里执行的。在最后那个可怕的时刻,当我受你奚落、被你激将,要对你父亲采取行动申请拘捕他时,我还垂死挣扎着想要逃脱,那时我抓在手里的最后一根稻草就是律师费太高。我当着你的面对律师说,我没钱,绝对付不起那骇人的高价,我手头完全没有可以支配的资金。我说的,如你所知,完全是真话。如果我当时能离开阿文戴尔旅馆,那么在后来那个致命的星期五[26],我就不会在汉弗莱的律师办公室里有气无力地同意自毁人生,我会一个人在法国,快乐又自由,远离你和你父亲,既不用管他留的那张令人作呕的卡片,也不理会你的信。可是旅馆的人坚决不许我走。你在那间旅馆同我住了十天,后来竟还不顾我的强烈愤慨又叫了一位同伴和我们一起住,你会承认我生气是理所当然的。这十天的账单接近140镑。旅馆老板说,在我付清账单之前不允许我取走行李。这就把我困在了伦敦。要不是因为这笔账,我周四早晨就去巴黎了。

当我告诉律师我没钱支付这笔巨额开支,你立刻插嘴,说你家人非常愿意支付所有必要的开支,因为你父亲对你家所有人都一直是个祸害。你说你们经常讨论能不能把你父亲送进疯人院,免得他再碍事,说你父亲每天源源不断地给你母亲和家里其他人制造烦恼和痛苦,如果我能挺身而出帮你们把他送进牢里,你全家都会视我为英雄和恩人,只要我愿意接受,你母亲的那些有钱的亲戚定会欢天喜地地代我支付一切可能因此产生的费用。于是律师立刻接下了案子,我被你们催着、赶着去法庭提告。我再也没有不去的借口了。是你逼我去蹚这浑水的。当然,你的家人并没有支付那些费用,后来我破产就是因为你父亲,就是因为那笔费用——为了那区区700多镑[27]。而现在我妻子却为每周的生活费该是3英镑还是3英镑10先令的重大问题与我反目,正在准备打离婚官司,到时候我当然得面对新一轮的证据和新一轮的审判,可能还会被诉更重的罪名。其中的细节我自然不得而知。我只知道我妻子的律师打算依靠哪位证人的证言定我的罪:那人就是你在牛津的仆人,那年夏天我应你的特别请求雇他在戈灵为我们服务。

在所有大事小事上,你似乎总能给我带来奇怪的厄运,不过这方面的例子我实在没必要再举下去了。那些事情有时让我觉得,你只是一个傀儡,在你背后有一只神秘的、看不见的手在操纵,誓要让我经历许多可怕的事件,最终迎来可怕的结局。可傀儡也有自己的感情和欲望。他们会在自己参演的剧目里添上新的情节,扭转那些悲欢离合在剧本中规定的结局,以满足他们自己的胃口或心血来潮的奇想。人既是完全自由的,同时又是完全被规律主宰的,这条人生的永恒悖论我们每时每刻都能感受到。而这,我常常想,就是对你那变幻无常的性格唯一合理的解释了——如果人类灵魂这个深刻而可怕的谜题真的存在解释,而不是越解释越见其不可解的话。

当然,你有你的幻想,事实上你完全活在那些幻想中,你透过它们游移的迷雾和彩色的薄纱看世界,所以把一切都看走样了。你认为——这我记得很清楚——把你自己完全奉献给我,把你的家庭和家庭生活全然弃置不顾,是你对我的深切欣赏和伟大感情的证明。在你看来无疑是这样的。但请你不要忘了,你和我一起还获得了奢华的宴饮,高档的生活,无节制的享乐,数无尽的金钱。在自己家里的日子你过得厌倦腻烦了。用你自己的话说,"索尔兹伯里的廉价冷葡萄酒"叫你反胃。而在我这里,你除了享受我智识上的魅力，还能一饱酒肉声色之欲。找不到我做伴的时候，你选来替代我的人我可真是不敢恭维。

后来，你又认为给你父亲寄一封律师信，说你宁愿放弃每年250英镑的津贴（我相信扣除你在牛津的债务还款后，你父亲当时每年给你这个数目），也不肯断绝与我永世不渝的友谊，这样做践行了友谊上的骑士精神，奏出了自我牺牲的最高音。可是，放弃这笔小小的年金并不意味着你愿意减少消费，那些奢华享受和毫无必要的铺张，你是哪怕一项也不舍得放弃的。恰恰相反。你对奢侈生活的热情从未如此高涨过。你、我和你的意大利仆人在巴黎八天，就花了我将近150英镑；光是在帕亚尔饭店吃饭就花了85英镑。若是按你想要的这种消费水准生活，就算你一个人吃饭，在其他玩乐消遣上也有意选较经济的，你全年的所有收入加起来也不够你三星期的开销。所以你放弃那笔年金不过是假充英雄的面子工程，再无别的实质意义了，借着这个事实，你终于找到了理由，可以名正言顺地花我的钱生活了，至少你觉得这个理由是非常充分的。你在许多场合毫不含糊地利用这个借口，而且毫不手软地用到极致。你不断索要金钱，当然主要是向我要，但我知道有时也向你母亲要，这比过去任何时候都更令人厌烦，因为至少在我这里，你要钱不仅从没有一丝分寸，而且从未说过一个谢字。

你还认为，以不堪的信件、咒骂的电报和侮辱性的明信片攻击你父亲，就是替你母亲出头，你认为这样做就能英勇地为她打抱不平，为她在婚姻生活中所受的无疑是可怕的委屈和痛苦报仇。这实在是你的一大臆想，而且是你所有臆想中最糟糕的一个。若你真觉得替母亲向父亲报仇是你作为儿子的责任,那你应当在母亲面前当个更好的儿子,别让她怕跟你谈论严肃的事,别签那些到头来得由她代你付的账单,待她温柔些,别让她的日子因你再添悲愁。你的哥哥弗朗西斯就做到了,在他鲜花般的短暂生命中,他用自己的温柔和善良大大减轻了你母亲受的苦。你该以他为榜样才是。就算你真的借我之手把你父亲送进监狱,难道你母亲真会觉得那是莫大的欢欣和喜悦吗?你幻想会那样,可你想错了。我非常确定你想错了。如果你想知道一个女人在自己的丈夫、自己孩子的父亲囚衣蔽体、身陷囹圄时心里到底是什么滋味,写信问我的妻子吧。她会告诉你的。

当然,我也有我的幻想。我原以为人生是一出妙趣横生的喜剧,而你是其中许多风趣优雅的角色之一。结果我发现它实是一出令人作呕的悲剧,而带来大灾难的邪恶祸端,就是摘下面具的你,你恶就恶在你一心一意地要把我毁了,把你狭窄的意志力全集中在这个险恶的目标上。你那张欢愉喜乐的面具不仅骗了我,也骗了你自己,让我们二人都误入歧途。

我此刻受着怎样的痛苦,现在你多少该理解一点了吧——你难道真的仍旧一点都不明白吗?有份报纸——我想是《帕尔默尔报》吧——曾报道过我的某出戏剧彩排时的情形,说你当时就像我的影子一样寸步不离地跟着我。如今我在这里,像影子一样跟着我的是关于你我友谊的回忆:它像是一刻也不肯放过我,在夜里把我唤醒,一遍又一遍地对我讲同一个故事,那令人疲累的重复让我一直醒到天明,彻底放弃入睡的指望。可破晓之后,它又卷土重来,跟着我去监狱的院子里放风,教我一边拖着沉重的脚步绕圈,一边自言自语。我被迫回想每一个可怕的瞬间,回想其中每一点细节。我的头脑是一间专为悲伤绝望而设的囚室,那灾星高照的几年中发生的所有事情,没有一件不能在其中再次上演:你声音里每一个吊高的音符,你手势中每一个紧张的抽搐,每一个怨恨的字眼,每一个恶毒的词汇,全都回到我的面前。我记得我们走过的街道、经过的河流,记得曾围绕我们的墙壁和树林,记得时钟的指针正指向哪里,风正吹向什么方向,还有当时的月亮是什么形状、什么颜色。

  我知道,你只要说一句话就能回答我对你说的这一切,那就是你爱我:两年半间,你我本不相干的生命之缕被命运织在一起,最终织成一个血红色的图案,你可以说在那两年半里你是真心爱我的。是的,我知道你爱我。不管你对我做过什么,我总觉得你心底是真的爱我的。虽然我很清楚你爱我还有其他缘故:我在文艺界的地位、我有趣的性格、我的财富、我奢华的生活,那使我的生活美妙迷人得近乎不真实的一千零一个条件,每一个都让你迷恋我,让你死缠着我不放。可除了这些,还有别的什么东西,我对你有种奇怪的吸引:你爱我远超过你爱其他任何人。可你和我一样,人生中有个可怕的悲剧,虽然你的悲剧与我的悲剧性质截然相反。想知道你的悲剧是什么吗?那就是:在你心中恨总是比爱强烈。你对你父亲的恨如此之深,完全超过、压倒了你对我的爱,使后者黯然失色。这两种感情根本不曾交战,即使有过也很少;你的恨如此巨大,而且如怪物般日益膨胀增长。你从未意识到一颗心灵里空间有限,无法同时容纳这两种激情。它们不可能和平共处于那间美丽的雕花屋中。爱是由想象力滋养的,借由这想象力，我们变得比自己所知的更聪慧，比自己所感的更美好，比我们的本性更高贵。因为这想象力，我们得以完整地看见生命；通过这想象力，也只有通过这想象力，我们才能够理解他人，不仅理解他们理想中的样子，也理解他们真实的样子。只有纤细美好、精心构想出的东西才能滋养爱。而任何东西都能滋养恨。那些年间你饮的每一杯香槟，吃的每一道佳肴，无不在喂养你的仇恨，使它越来越膨胀。于是，为了满足这巨大的恨，你赌上了我的性命，就如你当初漫不经心、满不在乎、不计后果地拿我的钱去赌博一样。你心里想的是，就算你输了，损失也不是由你承担；而如果你赢了，你很清楚，不仅得胜的喜悦都归你，实利和好处也全是你的。

仇恨使人眼盲。这是你没有意识到的。爱能让人读出最遥远的星辰上写着什么，恨却让你像瞎子一般，除了自己眼前那个狭窄封闭、四面高墙的俗欲花园以外什么都看不见，而那花园的花草早就因放纵的情欲而枯萎了。你性格中真正致命的缺点只有一个，就是极度缺乏想象力，那全是拜你心中的仇恨所赐。仇恨难以察觉地、悄悄地、秘密地啃噬着你的天性，就如地衣撕咬植物的根系，使其萎黄一般。到最后，你眼中只能看见最鸡毛蒜皮的利益和最琐屑无聊的目的。你身上的潜质本可以在爱的滋养下生长，却因恨的毒害而瘫痪。你父亲第一次攻击我是在给你的一封私信里，那时只不过把我当作你的私人朋友，而且是在他给你的一封私信里。那封信满纸下流的威胁和粗俗的暴力，我一读完就明白，我本已不太平的日子里又添了新的麻烦，一场可怕的危机已经在远处的地平线上隐现。我当即告诉你，我可不想卷进你们父子旷日持久的仇恨纷争,变成被人利用的马前卒。我人在伦敦,你父亲自然觉得折腾我比折腾洪堡的外交大臣更有成就感[28];我说你若把我置于此种位置,哪怕只是一会儿,对我也是极不公平的;而且我也不想把生命浪费在跟一个愚蠢潦倒的醉鬼当众吵闹上,我还有很多更重要的事情要做。可我怎么说都劝不住你。仇恨蒙住了你的双眼。你坚称你们父子间的争吵与我无关,说你决不允许你父亲对你的私人友谊指手画脚,还说我若是插手干预这事,对你就太不公平了。在与我见面商量之前,你已经给你父亲发了一封既愚蠢又粗俗的电报[29]作为回复。一旦踏出了这一步,你自然不能再回头,只能继续采取各种既愚蠢又粗俗的行动。人生中致命的错误并非因不理智而起(有时不理智的时刻反而可能是人生的高光时刻),而是因太讲逻辑而致。这两个缘故相去甚远。那封电报决定了你与你父亲此后的全部关系,也因此决定了我的整个人生。而整件事情的可笑之处在于那是一封连最粗俗的街头小子看了都会脸红的电报。后来你从唐突狠辣的电报过渡至一本正经的律师信,这虽是一个自然的演进过程,但律师信取得的效果当然只是让你父亲变本加厉地攻击我。你让他别无选择,只能一战到底。你逼迫你父亲为了名誉应战,更准确地说是为了不名誉应战,因为你的挑衅在后一方面更有效。因此当你父亲再次攻击我时,他已经不是在私信里把我当作你私人朋友来诋毁,而是以公开方式攻击身为公众人物的我。我不得不把他从我家里赶出去。他一家餐馆又一家餐馆地挨个找我,就为了在全世界面前侮辱我,而且以他那种方式,我若反击就是死路一条,不反击也是死路一条。闹到这个份上,总到了你该出面的时候了吧,你难道不应该站出来说，你绝不允许我因你而遭受如此可怕的攻击、如此丑陋的迫害，说你愿意立刻放弃你对这段友谊的所有诉求？我想你现在倒是觉得该那样做了。可在当时，这个念头甚至从未闪现在你的脑海中。仇恨蒙蔽了你的双眼。你能想到的（当然，除了继续给你父亲发侮辱性的信件和电报）只有买一把荒唐的手枪，那枪后来在柏克莱开了火，造成的丑闻比传到你耳朵里的还要严重。事实上，能成为你父亲和一个如我这般地位的人争执的缘由，你似乎觉得挺高兴。于是我自然要猜想，这种情况满足了你的虚荣心，让你觉得自己很了不起。其实这个问题有一个解决办法：让你父亲拥有你的身体，那是我不感兴趣的；而把你的灵魂留给我，那是他不感兴趣的。可这种结局你是不会满意的。你嗅到了制造公众丑闻的机会，于是飞身扑了上去。想到将有一场战斗，而你不管怎样都会毫发无伤，你开心得很。在那一季剩下的日子里你兴高采烈，我记得你的兴致从未如此高涨过。唯一教你失望的似乎是事实上什么实质性的事情也没发生，我和你父亲并没有再见面或再争吵。为了缓解这种失望，你又给你父亲发了多封电报，措辞实在不堪入目，最后竟逼得那个可怜虫给你写了一封信，说他已经吩咐仆人不得以任何借口把你的电报递到他面前。这并没有让你停手。你看出还有明信片这个挑衅你父亲的大好手段，便毫不含糊地动手把它用到了极致。你继续咬住他不放，对他穷追不舍。我想他也是永远不会真正放弃的。他身上有强烈的家族本能。他对你的恨就跟你对他的恨一样百折不挠。我成了你俩的马前卒，既是你们攻击对方的武器，也是你们保护自己的盾牌。你父亲一向爱靠丑事扬名，这种渴望不仅是他个人的兴趣，更是一种家族性的倾向。反正，就算他的这种兴趣偶有稍减之时，你寄去的信件和明信片也定能很快煽起他心里那种代代相传的邪火。你确实做到了。于是他自然在攻击我的道路上继续高歌猛进。他已经私下攻击过我，破坏过我在私人圈子里的绅士之名，也已经公开攻击过我，损毁过我作为公众人物的名誉，现在他终于下定决心，要给我杀伤力最大的最后一击——在我的作品上演的地方闹事，打击作为艺术家的我。在我某部作品的首演之夜，他靠欺瞒作假弄到一个座位，阴谋要打断演出，在观众面前发表恶语中伤我的演说，侮辱我的演员，在我上台谢幕时拿不雅的东西扔我，总之他誓要以某种丑陋的方式通过扰乱我的戏剧来毁了我。不过我非常侥幸地逃过一劫，因为某次他喝得比平常更醉，一不小心流露出短暂的真诚，对别人吹嘘自己的计划。警方提前得到了消息，所以当天他被剧场拒之门外。那时你依然可以出面的。那时就是你出面的机会。难道你现在还看不出来吗？你当时应该抓住这个时机，出面声明你无论如何都不会允许我的艺术因你而受损毁。你知道艺术对我而言意味着什么：它是我生命的最强音，通过这乐声我先让自己看到了自己，又让世界看到了我；它是我人生真正的激情所在；拿任何其他的爱来与我对艺术的爱相比，就如拿泥水去比醇酒，拿沼泽里的萤火去比天上那轮魔镜般的明月。你现在明白了吗？缺乏想象力是你性格中唯一真正致命的缺点。你当时该做的事实在非常简单，而且明明白白地摆在你面前，可仇恨遮蔽了你的双眼，你什么也看不见。我不可能向你父亲道歉，因为他以最丑陋的方式侮辱迫害我，持续了近九个月。我也没办法把你踢出我的生命。我试过了，试过一次又一次。我甚至不惜离开英格兰，远走异国，就为了从你身边逃离。我试过了，可那些全都没有用。当时唯一能采取行动的人是你。破那困局的钥匙一直在你一个人的手里。我给过你那么多爱与温柔，我对你那么仁慈、慷慨、关怀，如果你想稍微回报一二，当时就是那唯一的好机会了。我身为艺术家的价值但凡你能欣赏十分之一，你定会那样做的。可仇恨蒙蔽了你的眼睛。你心里的那种"通过这样，也只有通过这样，我们才能够理解他人，不仅理解他们理想中的样子，也理解他们真实的样子"的能力已经死了。你只想着怎么能把你父亲送进监狱。用你当时的话说，就是要看他"站在被告席上"，你满心只有这一个念头。那几个字成了你天天挂在嘴边的"讨人厌的口头禅"之一，每次吃饭都会听你提起。好吧，你的愿望已经实现了。仇恨许你实现你的每一个愿望。仇恨是你的主人，它相当溺爱你这位仆人。事实上，它对所有仆人都是这般，只要那人愿意为它效劳。整整两天，你与法警一起坐在高高的旁观席上，目不转睛地看着你父亲站在中央刑事法庭的被告席上，你算一饱眼福了。可第三天，站在被告席上的人从他变成了我。为什么会这样？在你们父子这场丑恶的仇恨游戏中，你们俩都是掷骰子的人，赌注是我的灵魂，只是你恰好输了。如此而已。

现在你明白了吧，我非得把你的人生写出来给你看不可，因为这些事情你非得领悟不可。你我相识已经四年有余。其中一半时间我们在一起，另一半时间因为与你的友谊我不得不在狱中度过。收到这封信时你会身在何方，要是这封信真能送到你手中的话，我不知道。罗马、那不勒斯、巴黎、威尼斯，我毫不怀疑你会在某个美丽的海滨或河畔城市里。就算没有与我一起时的那些无用的奢华，你现在至少也会被种种赏心悦目的东西包围着吧。生活对你而言是相当可爱的。然而若你真有智慧，若你希望找到另一种更加可爱的生活，你就一定要好好读这封可怕的信（我知道这很可怕），让读这封信成为你人生中一个重要的危机和转折点，因为写这封信对我而言就是如此。从前你苍白的面孔很容易因美酒或欢愉而泛起红晕。如果读这封信时那张面孔能不时被耻辱炙烤，似被炉焰燎灼般发烫，对你会大有好处。肤浅是最大的恶。只要能领悟，无论悟到什么都是对的。

现在该讲到我进拘留所的事了，对不对？我在警察局的牢房里待了一夜，然后被货车送到了拘留所。你对我至为殷勤亲切。在你出国前，你几乎每天下午都（甚至可能不是"几乎"，而是真的是每一天下午都来）不辞辛劳地坐车到霍洛威来看我。你还给我写了很多温柔美好的信。然而你一刻也不曾意识到：把我送进监狱的不是你父亲，而是你；从头到尾，该为此事负责的人一直是你；我之所以身在那里，全是因你而起、假你之手、全是为了你。你眼见我隔着一排木条被锁在一个木头做的笼子里，可哪怕那样触目惊心的情景也无法唤醒你已经死去的、毫无想象力的心性。你仿佛一个看客在观赏一出悲惨的戏剧，你的同情和感伤都是看客式的。你丝毫没有想过自己才是这出丑陋悲剧真正的作者。我看得出来，你一点也不明白自己干了什么。有些事情我不想由我来告诉你，因为那些事情本该由你自己的心告诉你。如果你没有放任仇恨把那颗心变得冷漠无情、麻木不仁，它本来是会告诉你的。任何事情只有靠自己的本性领悟出来才有意义。如果人不能用自己的心去体会和理解，别人怎么告诉他都是没有用的。那我现在为什么又要写信告诉你呢？因为在我漫长的牢狱生涯中，你的沉默、你的所作所为让我必须如此。此外，就事情的结果而言，所有打击都落到了我一人头上。想到这个我倒是有些快乐的，有许多理由让我甘心受苦，可当我看你时，你那彻底的、有意为之的盲目还是让我心里忍不住鄙视。我记得你非常自豪地掏出一封你发表在廉价小报上的关于我的信[30]。那是一篇束手束脚、不痛不痒、相当平庸的文章。你替一个"被打倒的人"说话，呼吁大家拿出"英国人的公平竞争精神"或是别的什么无聊的玩意儿。你那封信写得仿佛惨遭指控的是一个值得尊敬但你根本不熟的人。可你却觉得那封信好极了。你觉得那是你近乎堂吉诃德式的骑士精神的明证。我知道你还给其他报纸写过信，只是他们没有发表出来[31]。可那些信的主题无非是说你恨你父亲。没有人在乎你恨不恨他。你那时还不明白，仇恨是对智识永恒的否定，是感情退化的一种形式，它会杀死除它自己以外的一切。给报社写信说自己恨某个人等于是在宣称自己患有某种可耻的隐疾：即使你恨的那个人是你父亲，即使他也恨你恨得咬牙切齿，也丝毫不会把你的恨变得更高贵或更美好。若说这些能彰显什么，那不过是彰显了这种仇恨是你们家族的遗传病而已。

我还记得另一件事：当我破产在即，要在我家执行法院判决，抄没我的书籍和家具，拿去登报拍卖的时候，我自然写信告诉了你。我没提之所以法警闯进这栋你过去常常就餐的房子，是为了赔付我送给你的一件礼物。我想（也不知道我想对了还是想错了），如果那样写，可能会让你多少有些难过吧，所以我只在信里写了最基本的事实。我觉得那些事实你是应该知道的。结果你从布洛涅给我回了一封信，语气简直像一首表达喜悦的抒情诗。你说，你知道你父亲"手头很紧"，为了支付打官司的费用已经不得不东拼西凑了1500英镑，我这一破产实在是"漂亮地赢了他一分"，因为这样他就没法要我承担任何诉讼开支了！你现在明白仇恨可以教人眼瞎到什么程度了吗？你现在看出来了吗，我说仇恨是一种感情退化症，说它会杀死除它自己外的一切，这不是什么修辞比喻，只是在实事求是地描述一种心理学上的事实？我拥有的所有迷人的宝贝都要被拍卖：我那些伯恩-琼斯、惠斯勒、蒙蒂塞利、西门·所罗门斯的画[32]；我的瓷器；我的藏书（几乎囊括这个时代所有诗人的作品的赠阅本：从雨果到惠特曼、从斯温伯恩到马拉美、从莫里斯到魏尔伦）；还有我父母作品的精美装订本；一大排令人称叹的从小到大学校里的奖章奖状；各种豪华的精装版书籍。这些东西在你眼中一钱不值，你说这份清单无聊极了：这是你唯一的评价。你从中真正看到的只是你父亲最终可能因此损失几百英镑，这么点微不足道的损失让你欣喜若狂。至于诉讼的开支，我想你会有兴趣知道：你父亲曾经在奥尔良俱乐部公开表示，就算打官司花掉他两万英镑，他也会觉得这笔钱花得完全值得，因为这场官司让他无比享受、无比快乐，让他饱尝胜利的喜悦。除了让我入狱两年，他事先没想到还能把我从牢里拖出来一下午，让我当众出破产抄家之丑，这真是教他喜出望外。那个下午我是耻辱的顶峰，于他是完美的、彻底的胜利。我很清楚，如果你父亲没有向我追讨诉讼费用，你无论如何都会对我失去全部藏书表示最大的同情，因为对一个文学家来说这种损失是不可弥补的，在一切物质损失中这一项最令我痛心难过。念及我曾供养你好几年，曾在你身上一掷千金，你甚至还可能不辞辛劳地掏钱为我买回一些书。我的藏书里最好的那批一共才卖了不到150英镑：大概相当于我平时一周为你花的钱吧。可你一心只想着你父亲要从口袋里多掏几个子儿了，这点琐细卑劣的快乐让你完全忘了你本可以试图回报补偿我一二。如果你做了，这点报答对你是举手之劳、轻而易举、惠而不费、人人都看得见，而我会无比地感激你。我说仇恨会蒙蔽人的双眼，可有说错？你现在看出来了吗？如果还看不出来，请你睁大眼睛再看看吧！

这些我当时就看得很清楚，现在亦然。我心里到底怎样清楚也不用对你讲了。可我那时对自己说："不管付出什么代价，我都要把爱留在心里。因为如果我不能带着爱进监狱，那我的灵魂会变成什么样？"我那时从霍洛威写给你的信，就是在努力保护心里的爱，让它成为我心性里的主调。如果我愿意，我本可以用严酷的责备把你批得体无完肤。我本可以诅咒责骂你，可以举起一面镜子让你看看你自己到底是副什么模样。你一开始一定认不出镜中的人是谁，直到他同你一起做惊恐之状时你才会看出那是谁，然后你会永远恨他，也恨你自己。我能做的其实还不止于此。别人的罪孽被算到了我账上。如果我愿意，我本可以在随便哪场庭审上救下自己，让他遭罪，那样我虽依然逃不掉耻辱，但至少能逃过牢狱之灾。如果我愿意，我本可以证明控方证人——最重要的那三名——被你父亲和他的律师仔细调教过，不管他们是保持沉默，还是一口咬定某些情况都是精心安排好的，他们绝对早有预谋、精心排演过，蓄意要把别人的所作所为栽到我头上，我本可以让法官把他们逐个赶出证人席，教他们滚得比那个做伪证的恶徒阿特金斯还要快[33]。那样我就能脸带微笑、双手插袋、无罪一身轻地走出法庭。有人为了劝我那样做向我施加了最大的压力。一心关心我的祸福、我家庭的祸福的人恳切地建议、请求、央告我那样做。可我拒绝了。我没有选择那样做。对这个决定，我一刻也没有后悔过，就算是在狱中最痛苦的日子里我也不后悔。因为我不屑做那样的事情。肉体的罪不算什么。如果需要治疗，找医生就能治好。只有灵魂的罪才是可耻的。如果通过那种手段保我无罪释放，我会终生备受折磨。可我那时对你表现出的爱，你难道真心觉得自己配得上吗？你真心觉得我有哪一刻会认为你配得上吗？在你我友谊存续期间我对你表现出的爱，你难道真心觉得自己配得上吗？你真心觉得我有哪一刻会认为你配得上吗？我知道你不配。但爱不是市场上交易的商品，不能用小贩的秤来计算斤两。爱的喜乐如同智识的喜乐，在于感受到自己的存在。爱的目的就是爱本身，不能再多一寸，也不能再少一寸。你是我的敌人：没有人遇到过比这更可怕的敌人。我把我的生命给了你，你却为了满足人性中最卑下可鄙的欲望——仇恨、虚荣和贪婪——而毫不珍惜地丢弃了它。在不到三年的时间里，你把我彻头彻尾地完全毁了。而我为了自己，只能去爱你，再没有其他选择。我明白，要是我允许自己去恨你，那么在生命这片我曾不得不苦苦跋涉、如今依然苦苦跋涉的荒漠里，每一块石头都将失去影子，每一棵棕榈树都将枯萎，每一眼清泉都将变成毒井。你现在可开始明白一二了？你的想象力可有从其漫长的昏睡中略微苏醒？恨是什么你早就知道。现在你可开始渐渐明白爱是什么，它的本质何在？你现在开始明白也不迟，只不过为了教给你这些，也许我非得进牢房不可。

那可怕的判决下来以后，囚衣加诸我身，牢门在我身后关上，我曾经美好灿烂的生活已化为废墟。而我坐在这废墟中，痛苦碾压着我，恐惧打晕了我，疼痛让我头晕目眩。但我并没有去恨你。每一天我都对自己说："今天我必须把爱留在心中，不然我要怎么活过这一天？"我提醒自己，你没有恶意，至少对我从无恶意。我教自己把你看作一个冒失张弓的射手，不过是不巧把箭射进了国王铠甲的接缝里[34]。在我无尽的悲伤和损失中，哪怕只取那些最小、最轻的来同你计较，我也觉得对你不公平。我决定当你也是受苦的人。我强迫自己相信，长久令你眼盲的阴翳如今终于脱落。我曾经幻想，带着痛苦幻想，你细想自己一手造成的可怕结果时会多么惊惶痛悔。有时我竟真的渴望能去安慰你，即使在那些黑暗的日子里，我人生最黑暗的日子里，我也会有这种念头。我是那么确信，你已最终悟明了自己到底做了什么。

我那时丝毫没有想到你身上有世上最大的恶——肤浅。我真的很难过，但我不得不告诉你，我把在狱中第一次获准收信的机会留给关于家务事的信：因为我的妻兄此前写信告诉我，只要我给我妻子写一封信，她就愿意看在我和我们子女的分上不提起离婚诉讼。我觉得我有责任给她写一封信。抛开其他理由不谈，光是一想到要与西里尔分离，我就完全无法忍受。那孩子漂亮、温柔又可爱，是我最好的朋友、最亲的伙伴。对我而言，不要说是你从头到脚的一切，就算是那颗能用来造出整个世界的完整宝石[35]，也都比不上那颗小小的金色脑袋上的一根头发。他对我一直都是如此重要，只是我以前不明白，等我理解自己有多爱他时已经太晚了。

你提出申请两周后，我得到了你的消息。罗伯特·谢拉德来看我，他是全世界最勇敢、最有骑士精神的好人。除了别的新闻，他还告诉我你打算在《法兰西信使报》（此刊不仅荒唐可笑，而且矫揉造作，堪称文学腐败的正中心）上发表一篇谈论我的文章，随文还要刊出几封我写给你的信。他问我此事是否真是经我授意。我大吃一惊，而且深为恼火，下令立即制止此事[36]。你一向把我的信随处乱放，教你那些爱敲诈的同伴偷去用来勒索我，教旅馆的仆从、家里的女佣窃走拿去售卖。那些我都当是你不懂欣赏我写给你的东西才漫不经心地随意处置。但我简直无法相信，你竟会认真地提出要从剩下的信里选些出来发表。还有你到底打算发表我的哪几封信？我根本无从知晓。我入狱后得到的关于你的第一条消息竟是这个，实在让我很不愉快。

第二条消息紧随而至。你父亲的律师到监狱里露了面，亲自递送给我一份破产通知，就为了区区 700 英镑——这是他们要我偿付的诉讼费用。我被判公开破产，必须出庭。我当时强烈认为（现在依然这么认为）这笔费用该由你的家人支付，这一点我之后还会重提。你当时亲口声明，保证你家人会支付这笔开支，因此律师才以那种方式接下这件案子。你绝对应该负责。即便不考虑你代表你家人做出的承诺，你也该有这样的觉悟：既然是你把我彻底毁了，你至少应该帮我免去为了这么一点钱破产的额外耻辱，这笔钱少得可笑，还不及那年夏天在戈灵的短短三个月间我为你花的一半。不过这个暂且按下不表吧。我完全承认，我确实从律师事务所的办事员那里收到过你关于此事的口信，或者至少是与这事有点关联的口信。那天，办事员来收我的证言和声明时，突然隔着桌子朝我探过身来（因为有看守在场）。他从口袋里掏出一张纸条看了看，压低声音对我说："百合花王子向你问好。"见我莫名其妙地盯着他，他又把那条口信重复了一遍。我根本不懂他在说什么。"那位先生现在人在国外。"他又神秘地补了这么一句话。我一下子明白过来，不禁大笑起来，我记得那是我在整个监狱生涯中第一次也是最后一次笑。全世界的鄙夷都在这一笑之中了。百合花王子！我终于看出——后续的种种事件也证明我看得没错——发生了这么多事情，却没有一件让你领悟分毫。在你眼中，你仍是通俗喜剧中优雅的王子，而非一出悲剧里阴暗悲情的角色。业已发生的一切不过是美化帽子的羽饰，装点马甲的粉花，帽子底下的那颗头脑何其狭隘，马甲后面藏着的那颗心会，且只会，被仇恨焐热，而爱，只有爱，觉得那颗心是冰冷的。百合花王子！你用假名同我联系当然无可厚非。那时候我已经连个名字都没有了。在那所囚禁我的大监狱里，长长的走道上有许多间小小的牢房，我只是其中一扇房门上的几个数字和字母而已。我是千百个了无生气的数字中的一个，是千百条了无生气的生命中的一条。可你不一样，真实的历史中有那么多真实的名字，其中肯定有更适合你，而且能让我毫不费力一眼认出是你的名字吧？而你选这么个只适合假面舞会上戴的亮晶晶的俗丽面具，我一开始还真没透过那灿灿金光认出背后的你来。啊！但凡你的灵魂曾因悲恸而受伤、曾因悔恨而低头、曾因哀哭而谦卑（为了自身的完满它本该如此的），它就不会选这样一副面具，欲以这样的伪装潜入这痛苦之家！人生中的大事总以本来面貌现身，也正因为如此，它们常常难以阐释——也许你会觉得这话听起来颇不合理。而人生中的小事反倒很有象征意味。我们最容易从小事中学到惨痛的教训。你看似不经意选取的假名就很有象征意味，过去如此，未来依然会如此。这个假名揭穿了你的真面目。

　　六周以后，我又收到了关于你的第三条消息。当时我重病卧床，被从监狱医院的病房里叫出来，因为典狱长有一条你的特别口信要传给我。他给我读了一封你写给他的信。信里说，你打算在《法兰西信使报》（你还妙不可言地补充解释说，"这是一本杂志，相当于我们英国的《双周评论》"）上发表一篇"关于奥斯卡·王尔德先生一案"的文章，因此非常希望我能许可你发表一些信件的选段和摘抄。什么信件？我从霍洛威监狱写给你的那些信！那些信本该被你当作世界上最神圣、最秘密的东西！然而你竟提出要把它们拿出来发表，好让那些什么都看腻了的颓废派有奇观可瞧，好让那些贪得无厌的专栏作家有素材可写，好让那些拉丁区的小文化名流目瞪口呆、有舌根可嚼！即便你内心没有任何东西发出痛呼，教你停止这种粗俗至极的亵渎，你至少应该记起，有个人曾因看到约翰·济慈的书信在伦敦被公开拍卖而满心悲伤和鄙夷地写过一首十四行诗，从而终于理解我那几句诗的真意：

我看他们并不爱艺术
打碎一个诗人的水晶之心
一双双猥琐小眼不是虎视眈眈，就是幸灾乐祸[37]

　　你刊出那篇文章到底想展示些什么？是想展示我太喜欢你吗？这连巴黎街头的流浪儿也早就知之甚详。他们都会读报，大部分还会给报纸供稿呢。是想展示我很有文学天才？法国人对这明白得很，甚至我的天才有哪些独特之处，他们知道得比你详细得多，或者说比我能指望你知道的详细得多。是想展示天才往往伴随着奇怪变态的激情和欲望？真令人钦佩啊，可这种问题当由隆布罗索[38]而不是你来研究。何况这一病理现象亦见于毫无天才之人。是想展示在你和你父亲的仇恨之战中双方都拿我既当矛又当盾吗？哦，可不只如此呢，是想展示在这场战争终结之时，当你们面目丑恶、夺魂索命地追杀我时，要不是你的网绊住了我的脚，他原本根本就逮不着我？是这样不假，可是我听说亨利·博埃已经把这一点讲得不能再透彻了[39]。好吧，就算你是为了支持亨利·博埃的观点才写这篇文章，那也用不着发表我的信吧，至少绝对用不着发表我从霍洛威监狱写给你的那些信。

面对我的这些质疑，你是不是要说：是我在其中一封从霍洛威监狱寄出的信里请求你，请求你尽可能在一小部分世人面前还我一点清白？没错，我是说过那话。可请你想想我此刻为什么会身在这里。你以为我落到这个地方是因为我与控方证人的关系吗？我与那种人的关系，不管是真实的还是臆造的，政府和社会都根本不感兴趣。对那种人，他们一无所知而且毫不关心。我落到这里是因为我试图把你父亲送进监狱。当然，我失败了。我的辩护律师甩手认输，你父亲完全扭转了形势，反倒把我送进了监狱，我现在还在监狱里关着呢。这才是我被人看不起的真正原因。这才是人们鄙视我的地方。我不得不一天一天、一小时一小时、一分钟一分钟地服完这可怕的徒刑就是因为这个。我连申请提前释放都被拒绝也是因为这个。

你是唯一一个能改变局面的人，而且你这么做自己不用冒任何风险，不会受丝毫侮辱和指责。你能给整件事涂上另一种色彩，打上另一种光线，在某种程度上还原事实真相。我当然不敢指望（也确实不希望）你说出当初在牛津你是如何、出于什么目的来找我帮你脱困的，或者说出你是如何、出于什么目的（如果你真有的话）才在近三年的时间里几乎与我形影不离。这段友谊对于我，身为一个艺术家、一个有地位的人，甚至社会一员，都是毁灭性的，我如何一次又一次地想斩断这关系，其中种种细节本没必要像我在这封信里这样事无巨细地搬出来。我也不希望你去描述你三天两头、没完没了地撒泼吵闹的场景；不希望你去公布发给我的那些集谈情与要钱为一体的妙不可言的电报；不希望你去摘抄你信中那些无情无义、叫人恶心的段落，我在这封信里引用那些实在是迫不得已。可即便如此，我仍认为你父亲如此歪曲你我的友谊，你应该开口抗议，这对你、对我都有好处。他的说辞既恶毒又古怪，把你说得如此荒唐、把我说得如此不堪，而这种说法如今竟已载入正史：人们不仅信了，还援引它、记录它，布道者把它写进布道词，道德家用它装点贫瘠的道德论文。我本是男女老幼都仰慕的社会名流，如今竟要受这些猿猴和小丑的审判。我在这封信里说，事情的讽刺之处在于：你父亲将成为主日学校读物里的英雄，你也会像婴儿撒母耳般纯洁无瑕，唯我将与吉尔斯·德·莱斯和萨德侯爵同列一席——我承认，我这么说有些酸苦怨尤了。我敢说这就是最好的结局了。我无意抱怨。人在监狱里能学到许多教训，其中之一便是：许多事情成了怎样便是怎样，一切皆有定数，我们唯有接受而已。我也毫不怀疑，去和中世纪的麻风病人以及《瑞斯丁娜》的作者做伴，比去和桑福德与默顿做伴更适合我[40]。

可是，在我给你写那封信的时候，我觉得不管是为了你还是为了我，都不应该接受你父亲通过辩护律师之口说给市井庸人听的那套说辞，这样做才是合理的、适宜的、正确的。所以我才叫你构思一下，写一点更接近事实真相的东西。这至少比你乱涂乱抹，在法国报纸上写你父母的婚姻生活有意义。你父母的家庭生活过得快不快乐，法国人为什么要关心？我再想不出比这更令他们无聊的话题了。他们感兴趣的是：一个像我这样杰出的艺术家，一个通过他所代表的流派和运动而对法国思想界产生过显著影响的艺术家，为什么会过这样一种生活，为什么会打这样一场官司？我给你写过的信数量恐怕多到数不清，我在其中谈过你如何毁掉我的生活，谈过你如何放任你喜怒无常的疯狂脾气，让它主宰你，伤害我也伤害你自己，谈过我多么想要（不，不只是"想要"，而是已经下定了决心）结束这段从方方面面看都对我致命的友谊。要是你早对我说，你发表文章时要随文刊出我给你的信，我会理解，但不会允许那些信被公开。当初你父亲的辩护律师为了抓我自相矛盾的把柄，突然在法庭上出示了一封我1893年3月写给你的信。我在那封信里说，你反反复复地撒泼吵闹，与其叫我再忍受一轮那种可怕的场景（你似乎乐在其中），不如让"伦敦的每一个房客都来敲诈我好了"。你我友谊的这一面就这样意外地公之于众，这于我已是一种真切的悲哀。而你后来的所作所为给我带来最深的痛苦、最锥心的失望，当时如此，现在仍是如此：我给你写那些信是为了在那些信中，也通过那些信，努力保护爱的精神与灵魂不死，纵使我的肉体将长年受尽屈辱，我也希望爱能在这具肉体中栖居不灭。可你竟如此迟钝盲目、麻木愚蠢，对如此罕有、纤细和美丽的东西竟完全不能理解和欣赏，以至于提出要发表我的那些信。你为什么要这样做，我只怕是知道得太清楚了。若说仇恨蒙蔽了你的双眼，那虚荣心便是用铁线把你的眼皮缝死了。那种"通过这样，也只有通过这样，我们才能够理解他人，不仅理解他们理想中的样子，也理解他们真实的样子"的能力被你狭隘的自私之心磨钝了，因荒废太久而再不能使用了。你的想象力被你自己关了起来，就像我现在被这座监狱关着一样。封死窗口的铁条就是你的虚荣心，而狱卒的名字便叫作仇恨。

　　这些都是前年11月初的事了。在你与那段遥远的日子之间流淌着生活这条大河。隔着如此宽阔的水面，你就算能看见对岸，也一定看得很不真切。可对我来说，那些事情似乎就发生在，我不会说"昨天"，而是要说"今天"。痛苦是一个漫长的瞬间。我们不能以季节划分它，只能把其中种种情绪的循环往复一一记录。对我们而言，时间不会前进，只是去了又来，仿佛绕着一个痛苦的圆心来回旋转。生活的凝滞令我们动弹不得，每一种场景都遵照一成不变的模式。我们吃喝，我们躺下，我们祈祷，或至少跪下试图祈祷，一切遵循丝毫不许变通的僵死铁律：这一动不动的凝滞，令痛苦难捱的每一天的每个微小细节都与前一天毫无二致。它似在对一切外界因素示威，而那些外界因素本来恰恰应该以不断变化为存在本质。外面是播种的时节也好，是丰收的日子也罢，收玉米的农人弯腰采撷，摘葡萄的果农在藤蔓间穿行，果园里的草地被落花染白，被洒落的果子缀满：这一切我们都一无所知，也无从知晓。对我们而言，永远只有一个季节，悲伤的季节。在我们的天幕上，太阳和月亮都似被摘走。外面，也许有蓝的天，也许有金色的太阳，可我坐在那扇被铁栅封死的小窗下，透过厚厚的玻璃漏下来的光永远是昏暗的灰色。我的牢房里永远是暮色昏沉，就像我的心里永远是午夜时分。思绪就如时间，不再流动。你早已忘记的事情，或轻轻松松就能忘记的事情此刻正在我心中栩栩如生地上演，明天还会再来一次。记住这一条，你就能多少理解我为什么写这封信，为什么以这种方式写信。

一周之后，我被转到这里。三个月过去了，我母亲死了。没有人知道我多么爱她，多么尊敬她。她的死对我而言是如此可怕的打击；可我，曾为语言之王的我[41]，如今却找不到半个字表达我的悲痛和羞愧。她和我父亲给了我一个已因他们而高贵荣耀的姓氏，不仅是在文学、艺术、考古和科学方面，而且在我祖国的历史上，在这个国家的整个发展史上都赫赫有名。而我让这姓氏永远蒙羞了。我让它成了下贱之人口中的脏字。我把它拖进这耻辱的泥潭里。我把它给了粗野之人，随他们用它造粗野之语；我把它给了愚蠢之人，任他们把它变成愚蠢的代名词。我当时所受的痛苦，现在仍在承受，那是纸笔所不能记下的痛苦。我的妻子对我总是和善温柔，她不忍让我从陌生人冷漠的口里听到这消息，所以拖着病体从热那亚一路赶到英格兰，就为了把这不可挽回、无法弥补的噩耗亲口告诉我。凡是对我还有点感情的人都寄来同情之言、安慰之辞。就连我私下并不认识的人，听说我破碎的生活又添了新的悲愁,也知道写信向我略表哀思。只有你一人对此冷眼旁观,对我不闻不问,没传来一句话,没写过一封信。维吉尔曾用这样一句话教但丁如何对待那些动机肤浅、缺乏高贵、感情冲动的人:"别去谈论他们,只管看看,然后从旁边走过就好。"对你的这种行为,这句话就是最合适的态度了。

　　三个月过去了。我的牢房门外挂着一份日历,上面写着我的名字和刑期,记录我每日的劳动和表现。那份日历告诉我现在是5月了。我的朋友们又来看我了。我照样向他们问起了你。他们说你住在那不勒斯的别墅里,正准备出版一本诗集。会面快结束的时候,他们不经意地提到,你要把诗集里的诗献给我。这消息如浪潮般教我一阵恶心。我什么也没说,只是默默走回牢房,心里满是鄙夷和蔑笑。你怎会做这种白日梦,妄想不经我同意就把你的一本诗集献给我?真是白日做梦,我这么说不算错吧?你怎么敢做这种事?你是不是会这么回答我,说当年我大名鼎鼎、地位如日中天之时,也曾同意你把你的早期作品献给我。没错,我那时是同意过,任何一个刚走上文学这条美丽而艰辛的艺术之路的年轻男子若以作品向我致敬,我都会同意的。对艺术家而言,任何致敬都是可喜的,来自年轻人的致敬更是双倍的美好。月桂树的花叶一经苍老的手采摘便会枯萎。只有年轻人有权为艺术家戴上桂冠。那是青春真正的特权,但愿年轻人明白这点。可卑微屈辱、名声扫地的阶下囚生涯和大名鼎鼎、地位如日中天的日子自不可相提并论。你现在还不明白,财富、快乐和成功都可能是粗制滥造、大同小异的东西。在一切创造中,唯有悲伤最纤细、最敏感。在思想和感情的世界里,每一点风吹草动都会激起悲愁那既惊心动魄,又纤细精巧的共鸣。薄如蝉翼的金叶微微颤动,记录肉眼看不见的力量的方向[42]。但与悲愁一比,金叶也显得粗糙笨重了。悲愁是手一碰就会流血的伤口,只除了爱之手。就算被爱之手触碰,那伤口也一定会再次裂开,流出血来,只是我们不觉得疼痛。

既然你上次能写信给旺兹沃思监狱的典狱长,通过他征求我的许可,好把我的信发表在"相当于我们英国的《双周评论》"的《法兰西信使报》上,这次你为什么不写信给雷丁监狱的典狱长,通过他征求我的同意让你把诗集(不知道对自己的诗集能想出什么天花乱坠的描述)献给我?是不是因为在前一件事中我禁止那本杂志刊发我的信,而你自然非常清楚,信的版权当时和现在都完全归我所有;而在这件事里你觉得可以把我蒙在鼓里任意妄为,日后我就算知道了也来不及干涉了?我现在被关在监狱里,名声扫地,前程尽毁,仅凭这一点,你若想把我的名字写到你作品的扉页上,就该先求我帮你这个忙,给你这项荣誉和特权。对待蒙羞受苦之人理当如此。

凡有悲伤之处必有圣地。总有一天你会理解这句话的意思。在那之前你对生命其实一无所知。罗比和有他那种心性的人定能领会这点。他们把我从监狱带到破产法庭上的那天,罗比在那条长长的、凄凉的走道上等我。我被两个警察夹在中间,戴着手铐低头从他身边走过,那时他庄重地举起帽子向我致意,当着所有人的面。那个如此简单、美好的动作让整个人群一下子鸦雀无声。有人因为比这小得多的善举进了天堂。圣人跪下给穷苦人洗脚,或是俯身亲吻麻风病人的脸颊,凭的正是这种精神、这种爱。对这件事，我从未对他提过半个字。直到现在，我甚至仍不清楚他有没有意识到我察觉了他的举动。对这种善举，人不可能以郑重其事的言辞正式致谢。我只会把它悄悄存在心灵的宝盒中，当作我暗暗欠下的一笔债，想到我永远不可能还清这笔债务，我心里是高兴的。我用许多眼泪当作没药和肉桂，将它封存，让它永远新鲜醇美。当智慧对我无用，哲学于我无补，他人安慰我的警句格言如含在口中的灰土，关于那次微小、美好、沉默的爱之举动的记忆却为我叩开所有怜悯之泉。它让沙漠如玫瑰盛开，带我逃离孤寂痛苦的流亡，与那颗受伤的、破碎的、伟大的世界之心融为一体。如果你能理解罗比的举动，不仅理解它多么美好，而且理解它为什么对我如此重要并将永远如此，也许你就会明白该以怎样的态度来与我商量，请我允许你把诗集献给我。

其实你猜得没错，我是无论如何都不会接受你把诗集献给我的。不过，如果情况不是像现在这样，你提出这要求也许会让我高兴，但我依然会拒绝，这丝毫不是为了照顾我自己的感情，而是为了你的缘故。一个年轻人，在他生命最美的春光里交给这世界的第一卷诗歌，应该像春日里绽放的花，像莫德林学院草地上的山楂花，像库姆纳田野里的立金花，它不该背上一桩可怕可厌的悲剧，一桩可怕可厌的丑闻。如果我答应让我的名字成为这本诗集的先声，在艺术上那将是个巨大的错误。那会让整部作品笼罩上错误的气氛，而在现代艺术中气氛又是至关重要的。现代生活是复杂的，并且是相对的。这是现代生活的两大显著特征。为表现其复杂性，我们需要充满微妙差异、富含暗示、视角独特的气氛；为表现其相对性，我们需要背景。这就是为什么雕塑已经不再是一种表现艺术,而音乐仍是;这也是为什么文学过去是、现在仍是、未来也将继续是最高级的表现艺术。

你的这本小书应带着西西里岛和阿卡地亚的气氛风韵,而不该染上被告席的瘴雾和牢房的浊臭。你提出把书献给我,这不仅是艺术品位上的失误,从其他角度看也完全不合适。这看起来像你在我被捕前后的所作所为的延续。人们会觉得你在以一种愚蠢的方式逗英雄:就是那种在花街柳巷里贱买贱卖的廉价勇气。就你我的友谊而言,复仇女神已经像拍烂两只苍蝇那样把你我皆置于死地。献诗给关在监狱里的我,只会像一种用文字卖弄小聪明的愚蠢伎俩——从前,在写那些糟糕的信的日子里,你很爱搞这类把戏,还引以为傲、乐在其中,为了你,我只盼那些日子真能一去不复返。献诗给我无法产生你想要的那种庄严而美丽的效果(我发自内心地相信)。如果你事先征求我的意见,我会建议你把出版诗集的时间稍作推迟;如果你不愿意推迟,我会建议你先匿名出版,等那些诗歌为你赢来了爱慕者——那是唯一一种值得赢取的爱慕者——你再转身对世界说:"你们爱的这些花朵是我种的,现在我把它们献给一个被你们唾弃、放逐的人,以表达我对他的爱、崇敬和钦慕。"可你选择了错误的方法和错误的时机。爱有爱的策略,文学有文学的策略:你对两者都不敏感。

关于这一点我对你如此长篇大论,是为了让你完全明白它的意义,理解我当时为什么立刻写信给罗比,以如此轻蔑鄙夷的语气批评你,并绝对禁止你献诗给我,还请他把我写你的文字小心地摘抄下来寄给你。我觉得终于到了那一刻,必须让你看到、让你明白、让你懂得自己到底做了些什么。盲目会不断发展,变得越来越狰狞，而毫无想象力的天性若是听不见警钟就会日益僵硬，终成全无知觉的化石，到时候，虽然身体还能吃喝享乐，那躯壳中真正的住客——灵魂——却像但丁笔下布兰卡·德奥里亚的灵魂[43]那样早已坠入地狱，彻底死亡。我的信总算及时寄到了你手上，似乎再迟一刻就为时过晚了。就我所知的信息判断，它恰如一道惊雷般敲醒了你。在给罗比的回信中，你说那封信教你一时"完全失去了思考和表达的能力"。看样子你说的是实话，因为除了写信对你母亲抱怨，你似乎确实什么也想不出了。不用说，你母亲还是那么盲目（她看不清怎样才是真的为你好，这一点既是她的不幸，也是你的不幸），我估计她绞尽脑汁地用一切办法安慰你，又把你哄回了原来那种闷闷不乐、一无是处的状态中。至于我这边，她告诉我的朋友，我在信里用这么重的话斥责你令她"非常恼火"。事实上，这份恼怒她可不只是告诉了我的朋友，还告诉了那些不是我朋友的人——后一群人的数量要多得多，这一点应该不用我提醒你了吧。我现在才知道（是对你和你家人都非常友好的人告诉我的），因为我的杰出天才和不幸遭遇，舆论对我的同情本来是在缓慢增长的，但就因为她四处这样说，这同情已经完全消散了。人们说："啊！他先是想把那位善良的父亲送进监狱，现在又转过头来把自己的失败怪在那个无辜的儿子身上。我们鄙视他是多么正确啊！"在我看来，当你母亲听人提起我的名字，她就算没有一句悲伤悔恨之言（害我家破人毁一事，她在其中发挥的作用可不算小），至少也该保持沉默。至于你，难道你现在还没意识到吗，比起写信向她抱怨我，你是不是更应该直接写信给我，鼓起勇气对我说出你该说或你认为你该说的话？距我写那封信已经过了近一年了。你不可能一整年一直"完全失去了思考和表达的能力"吧？你为什么一直不写信给我？从我的信里你一定能看出来，你做的一切给我造成多深的伤害，让我多么愤怒。不仅如此，我那封信还把你我的整段友谊摆到你面前，让你终于能清清楚楚地看到它真实的样子，我话说得那么直白，你不可能读不明白。过去我常对你说，你正在毁掉我的人生。你总是一笑而过。你我刚刚开始交往的时候，埃德温·利维[44]见你那样把我推出去当挡箭牌，让我为你在牛津的那桩不幸事故（如果我们非得说那是桩"不幸事故"的话）受过、操心甚至出钱，便花了整整一小时警告我千万别去认识你、跟你来往（当时我为了你那件事去向他寻求建议和帮助）。后来在布拉克内尔，我对你讲了我与他那次令人印象深刻的长谈，可你只是一笑而过。就连那位最终不幸和我一起站在被告席上的年轻人都曾不止一次警告我，说你以后定会完全毁了我，事实将会证明你比那些我傻乎乎地去认识的普通男孩致命得多。甚至在我告诉你这件事时，你还是一笑而过，只不过笑得没那么开怀。当我那些为人较谨慎或与我交情较浅的朋友因你我的友谊而警告我或干脆离我而去时，你不屑地笑。当你父亲第一次给你写信辱骂我时，我就告诉你，我知道我只是你们父子恶斗中的棋子，而且迟早要遭殃，那时你又是毫无节制地哈哈大笑。可事实证明，我预言过的每件事都恰如我预言的那样发生了。你找不到任何借口，说你不明白事情为什么会发生。你为什么一直不写信给我？是因为你懦弱胆怯不敢面对我，还是因为你冷漠无情不想理我？到底为什么？我那么生你的气，那么清楚地表达了对你的愤怒，这些都更是你回信的理由啊。如果你觉得我信里的话说得公道，就该给我回信。如果你觉得其中哪怕有一字一句不够公道，你也该给我回信。我一直在等你的信。我是那么确信，你最终一定会明白你该给我回封信：我我往日的旧情，那份世所不容的爱，我给你的千般未被回报的善意，你欠我的万种未被偿还的恩情——就算这些在你眼中统统一文不值，仅仅是义务本身，这人与人之间最贫瘠的一种纽带，也该促使你提笔给我写一封信。你可别说，你当真以为除了家人寄来的谈正事的信，狱方就什么信都不准我收。你知道得清清楚楚，罗比每三个月给我写一封信，告诉我一点文坛的新闻。再没有什么能比罗比的信更迷人了：那份机智，那些一针见血、精辟的批评，那轻盈的笔触，真是地地道道的好信，就像一个人当面对另一个娓娓道来，很有法国人说的"密友闲谈"的趣味。他还以含蓄巧妙的方式表达对我的尊敬：有时要我动用判断力，有时要我拿出幽默感，有时调动我对美的直觉，有时投合我的文化修养，以一千种微妙的方式令我记起我在许多人眼中曾是品评艺术格调的仲裁者，在一些人眼中甚至是最高仲裁者。他的信既展示了他在文学上的策略，也展示了他在爱上的策略。他的信是我与艺术世界之间的小小信使，我曾是那个美丽而虚幻的世界里的王，要不是我自己昏了头，其实我本可以在那继续做我的国王。可惜我没挡住诱惑，失足误入了一个不完美的世界：这里只有粗糙原始的激情、不辨香臭的胃口、不知节制的欲望和混乱无序的贪婪。然而，说了这么多，想必你已经能够理解，或者至少能够想象：就算只是基于好奇这种普普通通的心情，我也会觉得你的消息比文坛动态更有意思。阿尔弗雷德·奥斯丁[45]打算出一本诗集；斯特里特[46]在给《每日纪事报》写剧评；因为一个连读篇颂词都会结巴的人举荐，梅内尔夫人荣升够格评判艺术格调的新一任"西比尔"[47]——比起知道这些，我更想收到一封你寄来的信。

啊！假如进监狱的人是你，因为你自己的过错失误，比如交友不良、在欲望的泥淖中失足、信错人、爱错人，或者以上所有，或者其他什么（我不能假设是因为我的过错，因为这个想法太可怕，我承受不了），难道你觉得我会任你的心在黑暗和孤独中被蚕食吗？难道你觉得我会坐视不管，不想任何办法（哪怕是微不足道的办法）帮你分担耻辱的重担吗？难道你觉得我会不告诉你：如果你受苦，我也会陪你受苦；如果你哭泣，我眼中也会常含泪水；如果你幽困囚牢、不得自由、人人鄙夷，我会用我的悲伤筑一座屋，住在里面等你回来，我还要在那屋中储满世人现在不让你得到的一切，日后百倍地给你，好治愈你的创伤？就算苦涩的现实迫使我不能接近你，或者我出于谨慎不敢接近你（对我而言后者会比前者更加苦涩），就算这些情况夺走我与你相见的欢愉（哪怕只能隔着监狱的铁栅看一眼囚首垢面的你，于我也会是莫大的欢愉），我也会一年四季不断地给你写信，只求其中哪怕有一个词、一个字甚至只有爱意的一声破碎的回响能传到你那里。哪怕你拒收我的信，我也一样要写，这样就能让你知道，无论怎样，至少总有信在等着你。现在我在牢里，许多人就是这样对我的。每三个月都有人写信给我，或者提出要写信给我。他们的书信都存在那里，等我出狱的时候狱方会给我。我知道那些信在那等着我，知道写信人的名字，知道信里充满了同情、爱和善意。对我来说这就够了。我不需要知晓更多了。而你的沉默是多么残忍可怕,那不是几周或几个月,而是长达几年的沉默。几年了,即便是像你这样在幸福中度日如飞,日日上气不接下气地追逐快乐,几乎辨不清岁月流逝的鎏金舞步的人,也该觉出这时间不短吧。你的沉默没有任何借口,我找不到任何为你辩解的理由。我知道你有些人所不知的缺点,就像纯金的雕像藏着一双泥塑的脚。谁会比我知道得更清楚呢?我的格言警句中有这么一句:"使金身珍贵的正是泥足"[48]。我写这句话时想的就是你。可你并没有把自己塑成泥足金身。大路上的尘土被长角畜生的蹄子踏成污泥,你用这污泥塑了一个与你一模一样的人像给我看。如此一来,无论我对你曾有过什么隐秘的向往,如今除了鄙夷和蔑笑,已不可能有其他感情了,而对自己,我也已不可能有其他感情了。别的理由都不提,单是你的态度(你说那是无动于衷也好,明哲保身也罢,麻木不仁也行,谨小慎微也对,随你怎么叫它吧)就让我心寒不已,我落难时和落难后的种种奇怪情状更令这心寒加倍苦涩。

被投进监狱的其他可怜人,就算被剥夺了世界的美,至少在某种程度上是安全的。他们不用怕世界上最要命、最可怕的刀箭,他们可以躲在黑暗的牢房里,蜷缩在自己的耻辱中避难。世界已经遂了惩罚他们的心愿,自不再理会他们,他们便可以不受打扰地受苦。我却没有这般幸运。一波又一波的悲伤叩着牢门,硬要来寻我。那些人把门开得大大的,让它们涌进来。我的朋友没几个能获准来看我,我的敌人却总能畅通无阻地进来找我。我两次被押送到破产法庭上亮相,又有两次在众目睽睽中被从一个监狱转到另一个监狱,每次都是忍着难言的耻辱,任人围观、嘲弄。死神的信使来给我送过消息,然后又弃我而去,留我一个人在彻底的孤绝中承受那无法承受的丧母之痛，无一人安抚我，无一物慰藉我。关于母亲的回忆，是压在我肩上的痛苦和悔恨的重担，至今也没有卸下。不等时间减轻这伤口的剧痛（更不要说治愈它了），我的妻子又派律师寄来一封封言辞激烈、刻毒怨恨的信件，用贫穷取笑我、威胁我。这些我都能忍受，比这更糟的我也撑得过去。可她还用法律程序夺走了我的两个孩子[49]。这现在是，以后也会永远是我心中无穷的苦楚、无尽的疼痛、无限悲伤的源泉。法律竟然判决，竟然如此自作主张地判决我不配和自己的孩子待在一起，这对我来说实在是件太可怕的事情。与这相比，坐牢的耻辱根本不算什么了。我羡慕那些和我一起在院子里放风的囚犯。他们的孩子一定在外面等他们，盼着他们回家，想着以后好好地待他们。

穷人比我们更聪慧，更慈悲，更善良，更敏感。在他们眼中，牢狱是人生中的一出悲剧、一场厄运、一桩灾祸，是值得同情之事。谈起坐牢的人，他们只说那人"遇到麻烦"。他们总爱这么说，这个词里有关于爱的完美智慧。而我们这种有地位的人则不同。对我们而言，一旦进了监狱就成了被社会唾弃、放逐之人。我，在目前的情形下，几乎连接触空气和太阳的权利也没有。我们的存在玷污别人的快乐。我们即使重回社会也是不受欢迎的。我们没有权利再出现在月光之下[50]。我们的亲生骨肉被夺走，人伦的美好纽带被尽数斩断。那本是唯一能帮助我们、治愈我们、在我受伤的心灵上涂上香膏、让我们痛苦的灵魂重归宁静的东西，世人却不许我们触碰。

而在这些之上，还有一件微小而冷硬的事实让一切雪上加霜：

你的行动、你的沉默、你的所作所为和你的不作为，都让我漫长牢狱生涯的每一天变得更加难熬。就连牢饭里的面包和水，也因为你的所作所为而改变，你让面包变得酸苦，让水变得咸涩。你本该分担我的痛苦，却让它加倍。你本该努力减轻我的痛楚，却让它变成剧痛。我毫不怀疑你不是故意如此。我知道你不是故意如此。只不过因为"你性格中真正致命的缺点只有一个，就是极端缺乏想象力"，如此而已。

而这一切的尽头是我不得不原谅你。我必须原谅你。我写这封信不是为了在你心里种下怨恨，而是为了拔除我心里的怨恨。为了我自己，我必须原谅你。人不能永远在胸中养一条毒蛇，不能夜夜起身在灵魂的花园里播种荆棘。只要你能帮我一点小忙，我原谅你就一点也不难。过去不管你对我做什么，我总是毫不犹豫地原谅你。那对你一点好处也没有。只有自己的人生洁白无瑕的人才能宽恕罪过。而我现在身处屈辱之境，情况自然不同。现在我的原谅对你来说应该意义重大。总有一天你会明白的。不管你领悟得是早是迟，是不久后或是永远不能明白，我要走的路都已清清楚楚地摆在我眼前。毁过一个像我这样的人是个沉重的包袱，我不能让你一辈子心头压着这样的重担生活。这个包袱可能会让你变得麻木冷漠，或是郁郁寡欢。我必须把这重担从你心上拿走，放到我自己的肩上。

我必须对自己说：不管是一千个你还是一千个你父亲，都不可能摧毁一个我这样的人；是我自己毁了自己，不管大人物还是小人物，除了自己，谁都不可能毁掉一个人。我非常愿意这样说服自己，也正在努力这样说服自己，虽然你现在可能不这么觉得。

既然我能这样毫不留情地谴责你，想想我会多么毫不留情地谴责我自己吧。你对我的所作所为固然可怕，但我对自己的所作所为远比那更可怕。

我曾是这个时代文化艺术的象征。我刚成年时就意识到这一点，之后又迫使我们的时代承认了这一点。很少有人能在生前就取得这样的地位，并被社会承认。通常艺术家的这种地位即便能被认可，也要等到本人辞世且那个时代逝去后很久，才会被史学家或批评家认可。我却不同，我感知到了自己的不凡，也让他人感知到了。拜伦也是一位象征性的人物，但他象征的是那个时代的激情以及激情的萎靡。而我象征的是一种更高贵、更永恒、更重要、更宏大的东西。

众神几乎给了我一切。我拥有不凡的天才、显赫的门第、崇高的社会地位、耀眼的才华和智识上的勇气；我把艺术变成了一门哲学，把哲学变成了一门艺术；我改变人们的思想，给万物涂上不一样的颜色；我的所言所行无不让人们惊叹赞美；我一手重塑了戏剧，戏剧本是各种艺术形式中最为客观的一种，我却让它能像抒情诗或十四行诗一样表达个人的情感，我还把戏剧的题材变得更宽广，人物变得更丰富；戏剧、小说、韵律诗、散文诗、含蓄微妙或妙语连珠的对话录，我的笔触到什么，就用新的美学形式把什么变美；我点出假与真皆是真实应当统辖的范围，我向世人展示假与真不过是智识存在的不同模式而已。我把艺术当作至高的现实，把生活当作一种虚构的形式；我唤醒了这个世纪的想象力，让它围绕着我创造神话与传奇；我用一句妙语总结所有体系，用一个警句概括一切存在。

除了这些，我还做过一些截然不同的事情。我任自己被诱惑，掉进感官享受的愚蠢陷阱，长久不能自拔。为了取乐，我让自己成了一个四处游荡的花花公子，一个热衷打扮的时尚人物。我和一些格局小、见识低的人混在一起。我浪费自己的天才，虚掷永恒的青春，却还莫名其妙地觉得快活。我在高处待腻了，有意要跳进低谷寻些新的刺激。正如我在思想世界里好作吊诡悖语，我在激情世界里也爱找乖张反常的快乐。可欲望到头来原是一种恶疾，或是一种疯狂，也许两者皆是。我变得不再顾及他人，只图自己快活，快活完了便拍拍屁股走人。我忘了，每个平凡日子里的每个微小的行动都会塑造或摧毁一个人的品格，因此人总有一天会爬上屋顶，大叫大嚷地把自己过去在秘室内偷偷摸摸干的勾当宣扬出去。我不再是自己的主人。我不再执掌自己灵魂的航向[51]，而我自己还浑然不觉。我任你主宰我，任你父亲吓唬我，终于陷入颜面扫地的可怕境地。如今我拥有的东西只剩一样，那就是绝对的谦卑；如今你能拥有的东西也只剩一样，那就是绝对的谦卑。你最好也低到这尘埃里来，同我一起学习如何谦卑。

我在狱中服刑已近两年了。因我的天性使然，我在这里体会到疯狂的绝望，我自暴自弃地沉沦于悲伤，其惨状恐怕令人不忍直视，我无能狂怒，我怨恨，我蔑笑，我的苦痛放声悲号，我的凄惨欲诉无声，我的悲愁欲说无言。受苦的一切形式，我已一一经历过了。华兹华斯写的这几句诗，我比他本人更懂其中的况味：

受苦是永久的、晦涩的、黑暗的
且有永恒之质[52]。

想到我要受的苦将永无尽期，有时我还会觉得欢喜，但我不能忍受这些苦是毫无意义的。现在我发现，我的心灵深处其实一直藏着一件东西，它告诉我世界上没有任何东西是毫无意义的，尤其苦难绝不会没有意义。这件东西如埋在荒野中的宝藏般一直藏在我心灵深处，它就是谦卑。

谦卑是我剩下的最后一样，却也是最好的一样东西：发现它是我终于走到的终点，也是我重新出发的起点。因为它是我在自己心里直接找到的，所以我知道它来得正是时候。它不可能更早来，也不可能更晚来。若由别人告诉我，我一定会拒绝。若是别人递给我，我一定会推开。因为是我自己发现的，所以我想保有它。我必须保有它。对我而言它是唯一一件蕴含着生命的要素——新生命的要素——的东西，是唯一一件能给我新生[53]的东西。世间万物中，谦卑是最奇特的一件。你给不了别人，也不能由别人给你。你无法主动取得，除非你放弃你拥有的一切。人只有失去一切，才会发现自己一直拥有它。

既然我已意识到心里的谦卑，便清清楚楚地知道我该怎么做——应该说是我必须怎么做。不用说，我用"必须"这个词不是暗示有什么外界的约束或命令逼我那样做。我不接受任何约束或命令。现在我比从前任何时候都更信奉个人主义。除了从自己内心里找到的东西，其他一切于我都没有丝毫价值。我的本性教我去寻找一种崭新的自我实现方式。这是我唯一关心的。而我必须做到的第一件事，就是摆脱对你的一切怨念，让自己自由。

我现在是彻彻底底地一文不名，实实在在地无家可归了。可世界上还有比这些更糟的事情。我可以真心实意地对你讲，我宁愿沿街乞食，也不愿出狱时心里还怀着对你或对这个世界的怨恨。如果可以选，我会心甘情愿地欣然选择前者。就算我从富人家里讨不到吃食，从穷人家里也一定能要到一点。拥有很多的人往往贪婪吝啬，拥有很少的人反而总是乐于分享。只要心里有爱，我毫不介意夏天睡在凉爽的草地上，要是到了冬天，我就找个温暖的茅草堆边或大谷仓的屋檐下避避寒。如今，一切身外之物在我心里都已没有丝毫分量。这么说你该能看出，在个人主义的道路上我已经走了多远——准确地说是我正走向多远，因为这旅途还长着呢，而"凡我行走之处皆荆棘丛生"[54]。

当然，我知道自己不至于真落到沿路行乞的地步。如果某个夏夜我当真睡在凉爽的草地上，那定是为了给月亮写一首十四行诗。我出狱那天，罗比会在那扇镶满铁钉的大门的另一侧等着我。他站在那里迎我不仅代表他对我的爱，还代表许多其他人对我的爱。我相信，靠他们的资助我至少能不愁温饱地过上十八个月，那样一来，即使写不出美丽的书，至少还可以读些美丽的书，还有什么能比那更快乐呢？在那之后，我希望能重振创作的才能。可假若事情不像那样发展：假如我在这世上一个朋友也不剩，假如没有一栋房子肯敞开门接待我（哪怕是因为可怜我），假如我只能衣衫褴褛地沿街乞讨——即便如此，只要我心里没有怨恨、冷酷和鄙夷，我就能冷静自信地面对人生，那样纵然穷困也远好过身披紫色细麻，华服下的灵魂却被仇恨的恶疾所苦。宽恕你对我而言真的一点也不是难事。但若想把它变成一桩乐事，你必须感到你真的想要我的宽恕。当你真的想要时，你会发现它已经在那里等着你。

不用说，我的任务并不止于此。如果只是上面那些，倒比较容易办到了。我面前还有许多路要走。我还有更陡峭的山峰要攀，还有更幽暗的深谷要过。一切都只能靠我内心的力量。宗教、道德和理性都完全帮不了我。

道德帮不了我。我是天生的反道德者。我生来就是要与众不同、离经叛道的。但是，我认为人的行为虽然没有对错之分，但成为怎样的人却有。明白这一点是很有益处的。

宗教帮不了我。别人肯信看不见的东西，我却只愿意信看得见、摸得着的东西。我的神住在用双手一砖一瓦搭建起的神庙里；我的教义是在实际经验中慢慢打磨得完整、完美的，也许我把它打磨得过于完整了，因为我在这教义里不仅看见天国的美丽，也看见地狱的恐怖，就像许多（也许该说"所有"）把天国建在这个世界上的人一样。当我真想到宗教的时候，我觉得我想为所有无法信神的人创立一个教团：不妨就叫它"无父者的兄弟会"吧，在这里，祭坛上不点蜡烛，牧师尚未找到心灵的平静，他用没受过祝福的面包和没有酒的圣杯主持圣礼。凡要成为真理必先成为宗教。不可知论和一切信仰一样，也该有自己的仪式。它既已播下殉道者为种子，就该收获圣徒为果实，它该天天赞美上帝，感谢他藏头露尾，始终不肯对人类现出真身。但不管是信仰还是不可知论，都绝不能是我心灵以外之物。它的信条须由我自己创造。只有能创造自己形式的东西才有灵性。若我不能在自己内心中找到它的秘密，就永远找不到它了。它若不是已在我心中，便永远不会来找我了。

理性帮不了我。理性告诉我，判我有罪的法律是错误的、不公正的法律，叫我受苦的制度是错误的、不公正的制度。但我必须以某种方式让这法律和制度对我显得正确且公正。正如在艺术中，人只该关心某一特定事物在某一特定时刻对自己意味什么，在一个人性格的道德演进中亦是如此。我必须把发生在我身上的一切都变成对我有益的东西。冷硬的床板，教人反胃的伙食，把手指搓得又麻又痛的扯麻絮的硬绳子，从早到晚奴隶般的劳役，每日必不可少的严酷命令，使悲伤更显狰狞的难看囚服，还有寂静、孤独、耻辱——所有这一切，这其中的每一样，我都得转化成一种精神体验。肉体受的每一种折磨，我都必须努力把它变成让灵魂升华的工具。

我希望有一天达到这样的境界：能简单自然、毫不忸怩造作地对人说，我人生中有两大转折点，一是父亲把我送进牛津，二是社会把我送进监狱。我不会说那可能是发生在我身上最好的事，因为那样说我听着太苦涩了。我更愿意对别人这样说（或听别人这样对我说）：我是典型的时代之子，因为我的倒错反常，为了我的倒错反常，我把生命中的好事变成了恶事，却也把生命中的恶事变成了好事。然而，我怎么说自己，或别人怎么说我，其实都无关紧要。真正重要的事，摆在我眼前的事，我必须要做的事，是把加诸我的一切都吸收进我的心灵，使它们成为我的一部分，我要不带丝毫抱怨、恐惧和抗拒地接受它们，否则我就会在短暂的余生中永远成为一个残缺、破碎、不完整的人。肤浅是最大的恶。只要能领悟，无论悟到什么都是对的。

刚进监狱的时候，有人建议我试着忘记自己是谁。若真听了他们的话，我便彻底毁了。我后来找到的所有安慰，都是因为我悟明了自己是什么样的人。现在又有人建议我出狱后最好试着忘记自己曾坐过牢。我知道这种建议与前一种同样致命。那意味着不可承受的耻辱感会像鬼魂一样永远缠着我，意味着那些对我如对任何其他人一样重要的东西——太阳和月亮的美丽，四季流转的盛景，黎明的音乐，深夜的静谧，穿过叶隙的雨滴，爬上草尖、给它披上银装的晨露——在我眼中都会蒙上污垢，失去治愈创伤、传达快乐的力量。拒绝自己的经历就是阻碍自己前进。否认自己的经历就是逼自己的生命说谎。这不亚于否认灵魂本身。因为就像肉体会吸收各种各样的东西（既吸收经牧师或圣灵净化过的东西，也吸收种种平凡和不洁的东西），把它们通通化为速度和力量，化为健美的肌肉和漂亮的皮肤，化为头发、嘴唇和眼睛的线条与颜色；灵魂一样有摄取营养的功能。灵魂能把本身低下、残忍、堕落的东西转化为高贵的思想和伟大的激情；不，还不只如此，灵魂还能通过这些东西以最庄严的方式证明自己，并且常常能通过本欲亵渎、破坏它的东西来最为完美地展现自己。

我必须坦然接受一个事实：我只是一所普通监狱里的一名普通囚犯。尽管在你看来或许有些奇怪，但我还得教会自己不以此为耻，这是我要学会的东西之一。我必须接受这是对我的惩罚，如果一个人对自己接受的惩罚感到羞耻，那些惩罚他就是白受了。当然，在我被定的罪里有许多是我根本不曾干过的事，但其中也有许多是我确实干过的，更何况我人生中犯下错事却从来未被审判的情况只会更多。正如我在前文中说过的，众神是奇怪的，不仅让我们因自己的邪恶乖张而受罚，还让我们因自身的美好和人性而受罚，因此我必须接受一个事实：人既会因恶行受罚，也会因善行受罚。我毫不怀疑这是合理的。这样能帮助我们,或者说应该能帮助我们把善恶都看明白,不至于因其中之一而过于自满。如果认清这些后我能不为自己受的惩罚感到羞耻(这是我希望做到的),那我就能自由地思考、自由地行走、自由地生活。

许多人出狱后仍随身带着囚笼,把它当作一个秘密的耻辱藏在心里,最后像中了毒的可怜动物般爬进某个洞穴里悄悄死去。他们不得不如此,实在可悲,而社会竟然逼迫他们如此,实在是大错特错。社会自认有权对个人进行骇人的惩罚,却不明白自己究竟干了什么,只因社会本身也犯着世上最大的恶——肤浅。惩罚一结束,社会便撇下那人不管:也就是说,社会对他的最高责任正应该开始时,却反倒将他抛弃。社会对自己的行为深感羞耻,于是不敢面对它惩罚过的人,就像还不起债的人不敢面对债主,或是人因为对别人造成了不可挽回、无法弥补的伤害而没脸见人。我站在我的角度主张,如果我意识到我所受的苦,那社会也该意识到它对我造成的伤害:如此双方之间就该一笔勾销,不该再有任何怨恨了。

我当然明白,从某个角度看,社会将让我面对的情况比别人更难;因为我这件案子的性质,社会必须如此对我。在这里和我一起坐牢的那些可怜的小偷和社会弃儿从许多方面看都比我幸运。不管他们是在灰色的城市中还是在绿色的乡野上犯罪,知晓他们罪行的范围毕竟很小,若想找一个对他们过去一无所知的人,也用不着走太远,一只鸟儿从破晓前飞到天亮时的距离就够了;但是对我而言,"世界缩得只有巴掌大小"[55],不管我去哪儿,我的名字都被用铅字刻在石头上。因为我不是从默默无名到因犯罪而一时臭名昭著，而是从永恒的盛名一下子跌入永恒的恶名。有时我觉得，我的命运似乎是为了说明（如果这个道理还有必要说明的话），从名满天下到骂名远播之间不过一步之遥，甚至那距离还不到一步远。

无论我走到哪里，人们都会认出我来，他们对我的人生了如指掌（当然了解的只是其中的种种蠢行）。即便如此，我想这其中也有对我有益的东西。这迫使我必须证明我是个艺术家，而且越快越好。只要我能再写出哪怕一部美丽的艺术作品，我就能挡掉恶意中伤者喷出的毒液，击退暗中讥讽者脸上的冷笑，把嘲讽我的毒舌连根拔掉。如果世界要与我作对（它一定会的），那么我也要与世界作对。人们对我必须拿出某种态度来，因此他们审视我的时候也得同时审视自己。不用说，我指的并不是哪个特定的个人。如今我只愿与两类人为伍：一是艺术家，二是受过苦的人。前者懂得美是什么，后者懂得悲伤是什么，对其他人我一概没有兴趣。我也不求生活给我任何东西。说了这么多，我关心的唯有自己面对人生这一整体的心态：我觉得我最先要做到的一件事是不为自己受的惩罚羞耻，这是为了让我达到完美，也是因为我目前还如此不完美。

之后，我必须学会快乐。我曾经凭本能就知道快乐是什么，至少我认为我是知道的。那时我的心里永远是春天。我的脾气总与欢愉相亲。我让自己的生命盛满快乐，就如把美酒斟到杯沿。而如今，我看待生命的态度完全两样了，仅仅想象一下快乐是什么，也常常极为困难。我还记得进牛津的第一学期，我在佩特的《文艺复兴》（那本书对我的人生产生了相当奇特的影响）中读到，但丁把那些故意生活得悲悲切切的人放在地狱的最下层[56]。我于是跑到学院的图书馆里翻出《神曲》的那一段，那些"在甜美的空气中愁眉苦脸的人"躺在可怕的沼泽之下，永远在叹息中如此诉说：

> 阳光把甜美的空气照耀得喜气洋洋，
> 那时的我们却愁眉不展。

我知道教会谴责忧郁怠惰[57]，但在我看来这个罪名完全是无中生有，我认为这正是那种对真实生活一无所知的牧师会凭空编造出来的罪名。我亦不明白，但丁明明说过"悲伤让我们与上帝再次结合"[58]的话，为何又对沉溺于忧伤的人如此苛刻，如果世上真有那种人的话。我从未想过，有一天沉溺于忧伤会成为我人生中最大的诱惑。

在旺兹沃思监狱里我渴望死亡。死亡是我唯一的愿望。我在监狱医院里住了两个月后转到这里，发现自己的身体渐渐好转。那时候我心中充满了愤怒，决心要在出狱那天自杀。又过了一阵，那种邪恶的心境过去了，我决心活下去，但要活在愁苦之中。我要整天把愁苦披挂满身，如同国王身穿华丽的紫袍。我决定永不再微笑。我要把我走进的每一栋房子变成哀丧之屋，让每个与我同行的朋友都只能在悲伤中缓步前行。我要教会他们哀愁才是人生真正的秘密，我要以我的悲伤残害他们，以我的痛苦损毁他们。现在我的感觉大不一样了。朋友来看我时，如果我把一张脸拉得长长的，朋友为表同情便只好把脸拉得比我更长；或者，若一招待他们，就请他们坐下默默品尝苦涩的草药和葬礼上的烤肉。我意识到这样对朋友既不知感恩，又不善良。我必须学会欢愉和快乐。

上两次监狱允许我在这里会友时，我都尽量表现得愉快。朋友不辞辛苦地大老远从城里赶来看我，做出快乐的样子算是我对他们一点小小的回报。我知道这点回报微不足道，但我确信这一定是最能令他们高兴的回报了。上周六我和罗比会面了一个小时，其间，我努力把我心里因见着他而真心实意感到的喜悦完完全全地表达出来。按我在这里自己打磨出的想法看，我那样做是很正确的，证据就是自我入狱以来，我现在第一次真正渴望要活下去。

我眼前有那么多要做的事，因此假如我连多少完成一点的机会都没有就死去，实在是一桩可怕的悲剧。我看到我的艺术和我的人生都还能有新的发展，而每一种发展都是我达成完美的新方式。摆在我面前的无异于一个全新的世界，我渴望活下去，好有机会去探索它。你想知道这个新世界是什么吗？我想你能猜得出来，就是我一直活在其中的这个世界。

所以悲伤，以及它教给我的所有东西，便是我的新世界。我曾经完全为享乐而活，对所有悲伤和苦楚避而远之。我恨悲伤，也恨受苦。我决心尽量无视它们，也就是说，视它们为生命里的缺陷。在我的人生计划里找不到它们的身影。在我的人生哲学里没有它们的位置。我母亲却看得见人生的全貌，她生前常常给我引歌德的几句诗——这几句是卡莱尔多年前写在一本送给她的书上的，我猜译文大概也是卡莱尔的手笔：

> 若有谁从不曾和着悲伤吞下面包,
> 若有谁从不曾在夜半时分哭着等待天明,
> 他便不认得你,不明白你那天上的神力[59]。

这些句子,那位被拿破仑粗暴对待的高贵的普鲁士王后,在屈辱和流放中曾常常引用[60]。我母亲在晚年的诸般烦恼中也常常引用:可我总是彻底拒绝,不肯接受或承认蕴藏于其中的巨大真理。那时我还不能理解。我清楚地记得,我对她说,我可不愿意和着悲伤吞下面包,或在任何一个苦涩的夜半时分哭着等待一个更苦涩的黎明。我那时丝毫不知那是命运将为我安排的特别节目之一,不知未来我生命中会有整整一年除了这些几乎无事可做。但命运就是这样安排的,经过可怕的挣扎和磨难,最近几个月里我终于读懂了藏在痛苦最深处的一些教训。教士和那些不动脑筋引经据典的人有时把受苦说成一种神秘的东西。但受苦其实是一种启示。它让我看见以前从未看见的东西,让我从一个截然不同的视角看待过去的所有历史。关于艺术,过去我只能凭本能隐隐约约感到的东西,现在我能在智识和情感上看见了,看得无比清晰,理解得绝对透彻。

我现在已经明白,悲伤作为人类所能达到的最高感情,既是所有伟大艺术的典范,也是所有伟大艺术的终极考验。艺术家始终致力于寻找一种存在的模式,在此模式中灵魂和肉体合二为一、不可分割,外在是内在的表达,形式可以揭示本质。这样的存在模式为数不少:有时我们觉得,青春及那些专注于青春的艺术就是一例;有时又觉得,现代风景艺术通过微妙、敏感的印象,通过暗示外在事物中寄居着一种精神（这种精神以大地和天空为衣裳，雾霭与城市皆是它的羽衣），通过情绪、调子和色彩那令人毛骨悚然的共鸣，以绘画的形式为我们再现了古希腊人曾用完美的雕塑艺术展现过的东西。音乐是个复杂的例子，因其所有主题都吸收在表达之中，不能与之分离；一朵花或一个孩童则是我所指的一个简单例子。但悲伤才是这种存在模式的终极典范，不管在生活中还是在艺术中皆是如此。

欢乐与笑声背后也许藏着粗劣、冷硬、麻木的性情。但悲伤背后永远只有悲伤。痛苦与快乐不同，它从不戴面具。艺术的真实不在于本质观念与偶然存在之间的对应，不在于形与影之间的相似，或水晶中的映象与造像物体本身之间的相似；它不是空谷回音，也不是那山谷里的一口银水井，能把月影倒映给月亮、把纳西瑟斯的影子倒映给纳西瑟斯。艺术的真实是让一件东西与它自己合为一体，是以外在表达内在，让灵魂有肉体为依托，让肉体浸染精神和灵性。基于这个缘故，没有哪种真实能比得上悲伤。有时我甚至觉得，悲伤才是唯一的真实。其他事物都可能是眼睛或胃口的幻觉，不过为了蒙蔽前者和撑坏后者而生；可悲伤不同，这世界是以悲伤建造的，不管是一个孩子还是一颗星辰的诞生皆伴随着疼痛。

更有甚者，关于悲伤还有一种深刻的、不同寻常的真实。我说过，我是这个时代的文化艺术的象征。但与我一起待在这悲惨之地的那些悲惨之人中，没有一个不是生命最深处的秘密的象征。因为生命的秘密就是受苦。万事万物的背后皆藏着苦难。生命开始之时，甜美的东西是如此甜美，苦涩的东西是如此苦涩，故我们不可避免地把所有欲望导向寻求快乐，我们不仅想"一两个月间只吃蜜糖过活"[61]，还希望一辈子都不尝别的，全然不知这样可能反倒会让灵魂挨饿。

我记得我曾同一位女士谈过这个话题，她是我见过的心灵最美好的人之一[62]。在我入狱的悲剧发生前后，她表现出的同情和高贵的善意远非笔墨所能形容。她是真正帮过我、使我能担起忧烦重担的人，她对我的帮助比世上任何人都大，但她自己不知道。而且她对我的帮助不在于她做了什么，而只在于她的存在本身；就因为她是她，既给了我理想的典范，又给了我影响和感召，她不仅告诉我我可以成为什么样的人，还实实在在地扶助我朝那个方向努力。她让平凡的空气充满香气，让一切灵性的东西显得简单又自然，就如阳光和大海一般。在她眼中，美与悲伤携手同行，传递着同一个信息。在我现在想起的那次谈话中，我清楚地记得我对她说：伦敦随便哪条窄巷里的苦难都多到足以证明上帝并不爱人类；不管哪里只要有一点悲伤（哪怕只是一个孩子在某个小小的花园里为自己犯过或没犯过的错误哭泣），便足以划伤造化的整张面孔。我完全想错了——她这么对我说，可我不能相信她的话。我还没达到能理解这种信念的境界。而现在我觉得，似乎只有某种"爱"能解释这世上为何会有如此多的苦难。我想不出任何其他解释。我确信不会有其他解释。如果这世界真如我所说的是以悲伤建造的，那么造出这一切的一定是双爱之手，因为除此以外再没有别的途径能让人的灵魂（世上一切皆为之而造）达到至善至美。快乐是为了美丽的肉体而设，而痛苦是为了美丽的灵魂而设。

我说我确信不会有其他解释，这口气未免太狂妄了。我能看见上帝之城屹立在很远很远的地方，如一粒完美无瑕的珍珠。那座城是如此美丽，仿佛一个孩童在夏日里一天就可到达。孩童可以。可我不行，现在这样的我不行。人可以在一瞬间悟明一个道理，可在之后漫长的时间里我们拖着沉重的脚步行走，就又把它弄丢了。要停留在"灵魂能攀上的高峰"[63]是何其困难。我们思考永恒，却只能缓慢地度过时间：我不需要再讲，对我们这些身在监狱里的人而言时间过得有多缓慢，也不需要再讲疲惫和绝望如何慢慢爬回我监狱的牢房，也爬回我心底的牢房。疲惫和绝望如此古怪执拗地命令我，搞得我仿佛只能洒扫房屋让它们进来，就像迎接一个不受欢迎的客人，迎接一个严厉的主子，或者迎接一个奴隶，而我成了这奴隶的奴隶，也许是不由自主，也许是我自愿选择如此。也许你现在会觉得我这话难以相信，但这是千真万确的：比起每天起床第一件事是双膝跪地擦洗地板的我，生活在自由、清闲和舒适中的你更容易学会谦卑。因为牢狱生活里没完没了的限制和剥夺会让人心生逆反。这生涯最可怕的地方不是它会使人心碎（人的心本就是为破碎而生的），而是它会把人的心变成石头。有时我会觉得，若不板起铁一样的面孔、翘起讥诮的唇角，就根本没法捱完这一天。而心怀逆反的人是无法领受恩典的——我就借用教会最爱用的这个说法吧——我敢说，教会喜爱这话是极有道理的，因为不管在人生中还是在艺术上，逆反之心会堵住灵魂的通风管，把天国的微风排拒在外。但尽管有这些难处，若我想学会这些功课，就必须在这里学会。只要我的脚踩在正确的路上，只要我的面孔朝向"那扇名为美的门"[64]，我的心中就会充满喜乐，哪怕一路上会多次跌倒在泥沼里，迷失在浓雾中。

这新生（我有时这么称呼它只是因为我热爱但丁）当然根本不是什么新的生活，它只是我从前生活的延续，是旧生活的发展和演进。记得我在牛津的时候，那是一个6月的早晨，当时我就快要拿到学位了，我和一个朋友正在莫德林学院啾啾鸟鸣的小径上散步，我对他说：这世界是个大花园，我想尝遍园子里每棵树上的果实，我要灵魂中带着这种激情离开学校、走进外面的世界。于是我真的这样走了出去，也一直这样生活。我唯一的错误在于，只流连于在我看来长在园子向阳一侧的树林，而始终避开另一侧的幽暗阴影。失败、耻辱、贫穷、悲伤、绝望、苦难，甚至眼泪、痛苦的唇间流露出的破碎字句、使人步步如踩着荆棘行走的悔恨、良心的谴责、终会惩罚人的自贬自抑、黑灰涂面[65]的悲惨、披麻尝胆的苦痛——这些都是我害怕的东西。可正因为我打定主意不去认识它们，日后我才不得不一一品尝它们的滋味。我不得不以它们为食，事实上在整整一个季节中除了它们我再没有其他食物了。我曾为享乐而活，这我一刻也不曾后悔过。我把快乐追求到了极致，因为人不管做什么就是应该做到极致。世上没有哪种快乐是我不曾体会过的。我的灵魂是一颗珍珠，我把它投进满杯的美酒里。我循着笛声一路顺着花径走，沿路开满了报春花。我真的过着只吃蜜糖过活的日子。但继续那样的生活是错误的，因为那会限制我的灵魂。我必须走过去。这院子的另一边也有秘密等着我去发现。

当然，这一切在我的艺术作品中早有预示和先兆。《快乐王子》中有一些；《年轻的国王》中也有一些，特别是主教对跪着的男孩说的那句："难道创造苦难的神不比你更有智慧吗？"我写这句时还道它只是句寻常话语；《道林·格雷的画像》的主题里藏着不少预兆，这个主题贯穿整部作品，犹如一条紫线贯穿整件金衣；在《作为艺术家的批评家》中那些预示以种种不同色调呈现；在《人的灵魂》[66]中则白纸黑字地写得很直白，一目了然；那些预兆是《莎乐美》中反复响起的主旨使全剧宛如一部音乐作品，把各部分串联成一首叙事曲；那些预兆在我的那首散文诗里也现过身，诗中的男人须把"须臾快乐"的铜像化成铜水，去铸一尊"永恒悲伤"的新像[67]。事情不可能是另一种样子。在人生的每一刻，你既是未来的你，也是过去的你。艺术是一种象征，因为人本身就是一种象征。

如果我能完全达到那个境界，那将是我艺术家生命的终极实现。因为艺术家的生命不过是自我发展而已。艺术家的谦卑是坦然接受所有体验，正如艺术家的爱不过是对美的一种感觉，并把这感觉的灵与肉皆向世界展露。佩特在《伊壁鸠鲁信徒马里乌斯》[68]中想把艺术生活和宗教生活统一起来，这里所说的"宗教生活"是一种深刻、甜美、朴素意义上的宗教生活。但书中的马里乌斯几乎只是一个旁观者：他固然是一个理想的旁观者，因为他生来懂得如何"以恰当的感情凝视生命的奇景"（华兹华斯把这定义为诗人的真正目标[69]），但因为仅仅是旁观者，他或许有点太过于关注神殿中的器皿是否美丽，而没有意识到他正在注视的是悲伤的神殿。

我现在看出，基督的生命与一位真正的艺术家的生命之间的联系远比我从前以为的更亲密、更直接。我非常高兴地意识到，早在悲伤占据我的日日夜夜，把我绑在它的车轮上拖拽碾压之前，我就在《人的灵魂》中写道：人若想过一种基督式的生活就得完完全全地、绝对地做自己。我举的例子不仅有山坡上的牧羊人和监狱里的囚犯，还有把全世界视作一幅美景的画家和把全世界当成一首歌谣的诗人。我记得我曾坐在巴黎的一家咖啡馆里对安德烈·纪德说，虽然我对形而上学没什么真正的兴趣，对道德更是丝毫没有，但柏拉图或基督说过的话没有一句不可直接移栽到艺术领域，并在这得到最圆满的实现。这条归纳得既新颖又深刻的归纳。

在基督身上，我们看到个性与完美的紧密结合，这种结合不仅构成古典艺术和浪漫主义艺术之间的真正区别，还让基督成为生活中的浪漫主义运动的真正先驱。但不仅如此。我们还看到基督天性的根本基础与艺术家完全一样，是一种强烈的、火焰般的想象力。他在整个人类关系的领域中实现了这种由想象引发的同情，而在艺术领域中，这种同情是艺术家创作的唯一秘密。他理解麻风病人身上的病痛，盲人眼前的黑暗，为享乐而活的人的激烈痛苦，富人奇怪的贫穷。你现在明白了吧——难道还不能明白吗？——当日你在我卧病之时给我写那样的字条："当你不站在基座上被当作偶像崇拜时，你这人其实很无趣。下次再碰上你生病，我会立刻转身走开。"那一刻你同真正的艺术家脾性之间的距离就跟你同马修·阿诺德所说的"基督的奥义"[70]之间一样遥远。这两样你不具备的东西，都能教会你要对他人的遭遇感同身受。如果你想要一句座右铭好用来晨温夜读，好教你快乐或痛苦，就把这句话刻在你家墙上,让太阳每天为它镀金,月亮每天为它镀银吧:"发生在别人身上的就是发生在我们自己身上的。"若是有人问你这句话究竟是什么意思,你可以这样回答:"它代表着基督的心灵和莎士比亚的头脑。"

基督确实是诗人的同道。他的整个人性观皆因想象力而起,也只有通过想象力才能实现。人之于基督恰如上帝之于泛神论者。他是第一个把分裂的不同种族看成一个整体的人。在他到来之前,有众神和各种各样的人。只有他看到,在生命的山丘上只有一个"上帝"和"人"这个整体,他还通过玄妙的同情之心,觉察到"上帝"与"人"皆可在他身上找到肉身。所以他有时说自己是上帝之子,有时说自己是人之子,视他心情而定。历史上没有一个人能像他这样唤醒我们的赞叹惊奇之心,而这正是浪漫主义总想唤起的。我至今仍觉得,这其中有某种几乎不可思议的东西,一个加百利的年轻农夫竟会想象他可以用自己的双肩担起整个世界的重负——担起全人类犯过的一切罪、受过的一切苦,担起全人类将犯的一切罪、将受的一切苦:尼禄的罪孽,凯撒·博尔吉亚的罪孽,教皇亚历山大六世[71]的罪孽,那个身兼罗马皇帝和太阳祭司的人[72]的罪孽;住在坟墓里名叫"群"的人[73]的苦难,受压迫民族的苦难,童工的苦难,盗贼的苦难,囚犯的苦难,社会弃儿的苦难,那些被压迫得出不了声、其沉默唯有上帝能听见的人的苦难。基督不只想象自己能担起这一切,而且真的做到了,因此在这一刻,凡能触碰到基督人格的人,哪怕他们不拜基督的祭坛,不跪基督的牧师,皆能神奇地感到自己的罪孽褪去了丑陋,自己的悲伤里现出了美丽。

我说基督是诗人的同道。这是真的。雪莱和索福克勒斯是他的伙伴。但基督的整个生命也是世上最美的诗。若论令人"怜悯与惊骇"[74]的功效，所有希腊悲剧中没有一出能与它相提并论。主人公的绝对纯洁把整个情节升华到浪漫主义艺术的高峰。而"底比斯和佩罗普斯家族"[75]的苦难因其恐怖就达不到这样的高度。这也让我们看到亚里士多德对戏剧的论述实在大错特错，他竟说全然无辜的人受苦受难是观众无法忍受的场景[76]。埃斯库罗斯和但丁是以冷峻之笔书写温情的大师，莎士比亚是所有伟大艺术家中把人性表达得最纯粹的一位，凯尔特的神话传奇以泪眼看世界之美，说人的生命不过如一朵花——可所有这些作品加在一起，里面也找不出一字一句能望基督受难的哪怕最后一幕的项背，更不要说真的达到后者的高度了，因为后者中简单纯粹的悲情与崇高的悲剧效果融为一体，实非任何其他作品可以比拟。他与门徒共进的那顿小小的晚餐，座中有一人早已暗中把他作价出卖；月下的橄榄园一片寂静，这无声中心底的痛苦挣扎；那位假朋友走上前来，欲以一个吻泄露他的身份；那位还信他的朋友，他希望以其为基石为世人修一座避难所的朋友，在黎明鸡叫前不认他；他全然孤独，顺从地交出自己，接受一切；这期间的桩桩件件，大祭司怒撕他的衣服；总督要水洗手，徒劳地想洗掉手上的义人之血，却依然因那血迹背上猩红的千古罪名；那悲怆的加冕典礼是有史以来最奇妙的场景之一；将无辜之人钉上十字架，当着他母亲的面，当着他爱的信徒的面；兵丁为分他的衣服拈阄赌博；那惨烈的死亡，他留给世界的最永恒的象征；他最终葬在富人的墓里，身裹埃及细麻布，涂上昂贵的香料、香水，仿佛国王的儿子——单从艺术角度看这一切，便使人不能不感激教会的最高职责是以不流血的方式上演悲剧，是通过对话、戏服，甚至手势来神秘地表现它的救世主如何受难。而我每每想到别处早已失传的古希腊戏剧，竟在礼拜上仆从应答牧师的声音中得以永远保存，心里就不禁升起喜悦和敬畏。

然而基督的整个生命——它让悲伤与美在意义和表现上同时如此完美地合二为一——说到底还是一首田园牧歌，尽管它以圣殿之幔撕裂、黑暗笼罩大地、石头滚到墓前作结。我总把他想作一位与友伴相聚的年轻新郎，他确曾在某处如此形容自己。一位领着羊群徜徉于山谷四处寻找绿草清溪的牧羊人，一位欲以音乐为上帝之城筑墙的歌者，一位心中的爱大到整个世界都装不下的爱人。于我，他的神迹就如冬去春来一般优美自然。我可以心悦诚服、毫无困难地相信他有这么大的人格魅力：只要他出现，便能让痛苦的灵魂得到安宁；只要摸到他的手或衣服，人就会忘记自己的疼痛；只要他在生活的大路上行过，对生命奥妙视而不见的瞎子便能瞬间双目清明，除了靡靡之音外什么也听不见的聋子便能第一次听见爱的声音，并觉得那声音如"阿波罗的琴声一般悦耳"[77]；他一走近，邪恶的欲望便会溃逃，那些一辈子过着毫无想象力的暗淡生活、活着宛如死了的人一经他召唤，便会死而复生，仿佛从坟墓里起来；他在山边讲道时，人群忘了饥渴和一切尘世烦忧；他在酒宴上说话时，朋友们闻言便觉得粗茶淡饭成了佳肴，白水醇如美酒，整间屋子弥漫着甘松油的甜香。

勒南写的《耶稣传》是部优美的第五福音书，就算称它是《马多福音》也不为过，在书中他说，耶稣最大的成就是他使自己死后如生前一样被人们爱戴[78]。若说他是诗人的同道,那么他肯定更是爱人的领袖。他看出,爱便是世界遗失的那个秘密,世代智者遍寻不得的那个秘密。他看出,人只有通过爱才能走进麻风病人的心里、走到上帝的脚边。

而最重要的是,基督是所有个人主义者中最高超的一位。谦卑,就如艺术家接受一切经验般,只是一种外在的表现方式。基督真正一直着眼的是人的灵魂。他把它称为"上帝的国度",那是每个人心里都有的东西。他把它比作那些小小的东西:一粒微小的种子、一小捧酵母,或是一颗珍珠。那是因为人只有抛弃一切外来的激情、一切后天习得的文化、一切身外之物,不管是好的还是坏的,才能找到自己的灵魂。

我过去总以稍显固执的意志和太过叛逆的天性对抗一切,直到我除了西里尔外一无所有的那天,我才停止这顽抗。名声、地位、快乐、自由、财富,我尽已失去。我成了阶下囚、穷光蛋。可我仍拥有一件美丽的东西,我的大儿子。可突然之间,连他也被法律从我这里夺走了。这打击如此可怕,我不知如何是好。于是我双膝跪地,低垂头颅,恸哭而言:"一个孩子的身体就如主的身体,两样都是我不配得到的。"[79]就在那一刻,我似乎得救了。我当即明白,我能做的事只有一件,就是接受一切。自那以后——你听着一定会觉得奇怪——我比原来快乐了。

那个我终于触到的东西当然就是我灵魂的终极本质。我一直从方方面面与它为敌,最后却发现它像朋友一样地在那里等着我。一旦触及自己的灵魂,人就会变得如孩童一般简单,正如基督所说的。可悲的是,没有几个人能在死前"拥有自己的灵魂"[80]。爱默生说："人心中最稀缺的东西便是出自他本意的行动。"[81]这话确实不假。大部分人不是自己，而是其他人。他们的思想是其他人的意见，他们的生活是一种模仿，他们的激情是一种引用。基督不仅是最高超的个人主义者，而且是历史上第一位个人主义者。人们想把他塑造成一位普通的慈善家，就像十九世纪的那些讨人厌的慈善家一样；或者想把他归类为不懂科学、感情泛滥的利他主义者。但实际上他与这两者都不沾边。当然，他怜悯穷人、囚犯、下等人和受苦的可怜人，但他更为怜悯的其实是富人、死心塌地只知享乐的人、挥霍自由沦为外物奴隶的人、身披华服住在国王宫殿里的人。在他眼里，富裕和享乐实在是比贫穷和悲伤更大的悲剧。至于说利他主义，又有谁比他更明白：决定人命运的是神召天职而不是个人意愿，从荆棘里采不到葡萄，在蓟丛中摘不来无花果。

　　明确选择把为他人而活作为人生目的，这不是他的教义。这不是他教义的核心。基督说"宽恕你的仇敌"，他这么说不是为仇敌着想，而是为我们自己着想，他这么说是因为爱比恨更美。他叫那个他一见就喜欢的年轻人："变卖你的一切财产，分给穷人。"[82]他做此恳求时考虑的不是穷人的利益，而是那个年轻人的灵魂，那个正被财富损毁的可爱灵魂。在人生观方面，他与艺术家是一样的，后者懂得追求自我完美是谁也逃不过的法则，因此诗人必须吟唱，雕塑家必须用青铜思考，画家必须把世界变成一面映照他自己情绪的镜子，这就如山楂树春天必须开花，麦子在收获的季节必须把自己烧成金色的火焰，月亮虽可以在天上漫游却必须有序地圆了又缺，缺了又圆。

但是，虽然基督从未教人"为他人而活"，却指出他人的生命就是我们自己的生命，两者之间毫无区别。通过这样的教诲，他给人一个向外延伸的、无比巨大的人格。自他降临后，互相分隔的每个人的历史，就是或说可以被塑造成全世界的历史。当然，文化增强了人的个性。艺术使我们具有千万种不同的心灵。富有艺术气质的人与但丁一起流亡，尝到他人的面包有多咸，明白他人面前的阶梯是何其陡峭[83]。他们虽有时能短暂体会歌德的宁静和从容，却也太清楚地知道波德莱尔为何要对上帝如此呼告：

啊，主啊，请赐我力量和勇气，
让我可以毫不厌恶地直视我的心灵与肉体。[84]

他们从莎士比亚的十四行诗中汲取基督之爱的秘密，并把它变为己有，这也许是自寻伤害；他们以全新的眼光看待现代生活，只因他们听过肖邦的某一支夜曲，或摆弄过某件古希腊的艺术品，或读过一个故事——这故事是关于某个早已死去的男人如何神魂颠倒地爱过某个早已死去的女人，她的头发灿若纯金，她的嘴唇艳若石榴。但艺术气质的同情必然只能去共鸣业已被表达的东西。他与他的信息必然已被揭示，不管是通过文字还是色彩，音乐还是大理石，是在埃斯库罗斯的彩绘面具后还是西西里牧人的芦笛声中。

艺术家只能通过表达来构想生活。对艺术家来说，不能发出声音等于死亡。但对基督不是这样。他的想象力如此广阔神奇，几乎令人惊叹敬畏，通过这想象力，他把整个不能言传的世界，整个无言的痛苦世界变成他的王国，而他是那世界永恒的喉舌。我提到过的那些被压迫得出不了声、"其沉默唯有上帝能听见的人"，基督把他们认作兄弟。他要做盲人的眼、聋人的耳，做舌头被绑住的人唇上的一声呐喊。他的愿望是化身一把号角，让口不能言的人能通过他向天国呼求。有艺术天性的人懂得，悲伤和受苦是实现美的理念的途径，因为基督有这种天性，所以他明白想法只有找到肉身、化作形象才有价值。于是他把自己化成了悲伤之人的形象，于是艺术为他倾倒、被他主宰——在希腊诸神中，从没有哪一位成功地做到过这一点。

因为希腊诸神尽管皮囊光鲜，四肢矫健，内心却并不如外表那般美丽。阿波罗虽然额头美如破晓时分挂上山巅的一弯旭日，双脚快如黎明的双翼，却对玛尔绪阿斯心狠手辣，还杀死了尼俄柏的所有子女；帕拉斯钢盾般的双眼里对阿刺克涅毫无怜悯[85]；除了华丽的排场和孔雀，赫拉再无其他高贵之处；至于众神之父，他对凡间女子未免太过钟爱了。希腊神话中真正深具启发性的形象只有两个：对宗教有启发的是得墨忒耳，但她是大地女神，不在奥林匹亚众神之列；对艺术有启发的是狄俄尼索斯，但他的母亲是会死的凡人，儿子降生之日便是她殒命之时。

可生命本身从它最卑微的底层中造出了一个远比普洛塞庇娜之母或塞墨勒之子更令人惊叹的形象[86]。拿撒勒的木匠铺里走出了一个人，比任何神话传说造出的形象伟大千万倍，奇的是他命中注定要向世界揭示葡萄酒的神秘含义和野地百合的真正美丽，而不管在西塞隆山上还是在恩那草地上[87]，都从无一人做到过。

他觉得以赛亚的诗"他被藐视，被人厌弃；多受痛苦，常经忧患。他被藐视,好像被人掩面不看的一样"[88]似在预言他的一生,而那预言也确在他身上应验了。我们绝不该害怕"预言应验"这几个字。每一件艺术作品都是预言的应验。因为每一件艺术作品都在把一个理念转化为形象。每一个人也都应该是预言的应验。因为每个人都该是某种理想的实现,不管那是上帝心中的理想,还是人类心中的理想。基督找到了他的预言,并且实现了它,于是一个弗吉尔式的诗人之梦,不管在耶路撒冷还是巴比伦,经过几个世纪的漫长演进,终于在全世界翘首等待的他身上实现[89]。"他的面貌比别人憔悴,他的形容比世人枯槁"[90]——以赛亚说那个新的理想形象要有这些特征,一旦艺术理解了其中的真意,它便在那个前所未有地彰显艺术真理的人面前如花朵般绽放。因为艺术的真理不正在于我所说的"以外在表达内在,让灵魂有肉体为依托,让肉体浸染精神和灵性,以形式揭示实质"吗?

对我而言,历史上最遗憾的事情之一便是基督的复兴,它虽造就了沙特尔大教堂、亚瑟王的传奇、阿西西城的圣方济各的人生、乔托的艺术和但丁的《神曲》,却未能按自己的路线发展,而是被可厌的古典主义文艺复兴打断和破坏了,尽管它给了我们彼特拉克的十四行诗、拉斐尔的壁画、帕拉第奥式建筑、重形式的法国悲剧、圣保罗大教堂、蒲柏的诗,以及一切来自外部、按死规矩造出,而不是在某种精神的感召下从内部自然产生的东西。但哪里有浪漫主义的艺术运动,基督或基督的灵魂便会在哪里通过某种途径、以某种形式出现。他的身影在《罗密欧与朱丽叶》中,在《冬天的故事》中,在普罗旺斯诗歌中,在《古舟子咏》中,在《无情妖女》中,也在查特顿的《仁爱之歌》中[91]。

拜他所赐，我们才有如此纷繁丰富的人与物。雨果的《悲惨世界》，波德莱尔的《恶之花》，俄国小说中的悲悯之音，伯恩－琼斯和莫里斯的彩色玻璃、挂毯和十五世纪艺术，魏尔伦和他的诗皆属于他。乔托的塔、兰斯洛特和桂妮薇儿、唐怀瑟、米开朗基罗那些不安的浪漫主义雕塑、尖顶建筑，以及对儿童和花儿的钟爱——因为古典艺术没给过这最后两者多少空间，在古典艺术中儿童无处玩耍，花儿无处生长，但从二十世纪至今，这两者却以不同方式、于不同时段中不断在艺术中露面，说来就来，想走就走，那正是儿童和花儿应有的做派。我总觉得春天里的花儿们像是有心躲藏，教人哪儿也寻不见，最后却又突然冒出来，开在阳光里，那是因为怕大人们总找不着它们而要放弃了；而孩子的生命也不过像一个四月天，一个阳光和雨露都洒在水仙花上的四月天。

正是基督天性中的想象力，让他成为浪漫主义那颗蓬勃跳动的心脏。诗剧和歌谣中的奇异人物出自别人的想象，而拿撒勒人耶稣创造自己全凭自己的想象。以赛亚的歌呼与基督降临的关系不会比夜莺歌唱与月亮升起的关系更多——不会更多，但大约也不会更少。他既是预言的应验，也是对预言的否定。因为他每实现一个期望，便要打破另一个期望。培根说，所有的美中都存在"某种比例上的奇特之处"[92]。而基督说，应这种精神而生的人，也就是同他一样充满活力的人，都像风一样，"随着意思吹，你听见风的响声，却不晓得它从哪里来，往哪里去"[93]，这就是艺术家为何对基督如此着迷。他身上有着生命的所有色彩：神秘、怪诞、悲怆、暗示、狂喜、爱。他唤起我们的赞叹惊奇之心，并且创造出一种独一无二的情绪,唯有通过这种情绪才可能理解他。

如果基督是"想象力的产儿"[94],那么我很欣喜地想到,世界本身当是由同样的材料构成。我在《道林·格雷的画像》中说过,世上最大的恶皆在头脑中发生[95],然而这世上的一切本来便都是在头脑中发生的。现在我们明白,我们并不是用眼睛看,用耳朵听。眼睛和耳朵不过是传输感官印象的管道,有时传输得充分些,有时没那么充分。在我们的头脑中,罂粟花红了,苹果香了,云雀歌唱了。

最近我颇下了些功夫钻研关于基督的那四首散文诗。圣诞节的时候,我设法弄到了一部希腊文的《圣经》,每天早晨,我打扫完自己的牢房,擦亮盆罐之后,就读一点福音书,大概十几节,随手翻到哪里就读哪里。这样开始一天是愉快的。如果你能在热闹纷扰、缺乏节制的生活中也这么做,会是一件大大的好事。它会给你带去无尽的好处,而且里面的希腊语也很简单。一年四季没完没了的重复已经败坏了我们的兴致,令我们感受不到福音书那天真、清新、简单浪漫的魅力。我们听别人读过太多遍,他们又读得太差劲,所有重复都是反灵性的。你回头读希腊文原文时,会觉得仿佛从逼仄的暗室走出来,步入了百合花园。

想到我们读到的极有可能是基督的原话,即 ipsissima verba,我心里的快乐便又加了一倍。人们一直以为基督说的是亚兰语。就连勒南也是这么想的。但现在我们知道,当时的加利利农民就像今天的爱尔兰农民一样,是能操双语的,而希腊语当时是整个巴勒斯坦,甚至整个东方世界通用的日常交谈语言。只能通过翻译的翻译知晓基督的原话向来令我不满意。现在我很高兴地想到,就口头谈话而言,也许查密迪斯[96]能听懂他的话,苏格拉底能与他辩论,柏拉图能理解他的意思;想到他真的用希腊语讲过"我是个好牧羊人"[97];想到他念及野地里的百合,念及他们既不劳苦也不纺线时,原话分毫不差的就是"你想野地里的百合花,怎么长起来,他也不劳苦,也不纺线"[98];想到当他喊出"我的生命完成了,成就了,圆满了"时,他的最后一句话真就是圣约翰告诉我的"τετέλεσται"[99]("完成了"),一个字也不再多了。

阅读福音书时(尤其是《约翰福音》,不论那是圣约翰本人所作,还是早期诺斯底派托他的名分所作),我注意到其中不断强调,想象力是一切精神生活与物质生活的基础,我还注意到基督认为想象力不过是爱的一种形式,而爱又是"主"的全部意义所在。大概六周之前,医生允许我吃白面包,而不是监狱伙食里通常供应的粗硬黑面包或棕面包。那真是美味极了。你听着会觉得奇怪,怎么可能有人觉得干面包是美味至极的食物。但我可以向你保证,对我来说确实如此,以至于每顿饭吃完,我都会仔细捡起掉在锡盘上或者粗毛巾上(我用这个当桌布,免得弄脏了桌子)的面包屑,吃得干干净净。我这样做不是因为饥饿——现在我有足够的饭食——而是为了不浪费任何上帝赐给我的东西。人应该以这种方式看待爱。

基督就像所有个性迷人的人物一样,不仅自己能说出美好的字句,还能使他人对他说出美好的字句。我很爱圣马可讲的那个希腊妇人的故事。为了考验她的信念,基督对她说,他不能把给以色列孩子的面包给她,她答道,但是狗(按希腊文应译作"小狗")在桌子底下也可以吃孩子们掉下来的碎渣儿啊[100]。大部分人是为了爱与赞美而活。但我们其实应该凭借爱与赞美而活[101]。如果我们得到任何爱，我们应该意识到自己配不上这爱。无人配得上被爱。但上帝爱世人，这显示了在理想事物的神圣秩序中，写着永不配被爱的人也会得到永恒的爱。若这说法让你觉得太刺耳，那就这样说吧：人人都配得上被爱，除了那些认为自己配得上被爱的人。爱是一件我们必须跪下来领受的圣物，跪着领受时唇间和心里还应该念着"Domine, non sum dignus"（"主啊，我不配"）。但愿你能有时想想这个。你太需要这个了。

若我有一天还能再提笔去写，我是说进行艺术创作，那么只有两个主题是我想表达并希望通过它们表达我自己的：一是"基督是生活中浪漫主义运动的先驱"，二是"艺术生活与为人处事的关系"。第一个主题当然是非常吸引人的，因为我在基督身上不仅看到浪漫主义最高典范的精髓，还看到浪漫气质的种种偶然甚至率性的成分。他第一个告诉世人，人应当过"花一样"的生活。是他把这个词固定下来。他说人应该努力成为孩子。他把孩子定为成人的榜样，我本人一向认为这是孩子的主要用处，如果像孩子那么完美的东西还要有个"用处"的话。但丁形容，人的灵魂在上帝的手中被造出来时"像小孩子一样又哭又笑"，基督也认为每个人的灵魂都该"像小姑娘一样又哭又笑"[102]。他认为生命是变化的、流动的、活跃的，让它僵化为任何固定的形式都等于死亡。他说人不应太认真地对待物质和世俗的利益，不切实际是件了不起的事，对俗务不该太过挂心。"鸟都不用操心，何况人呢？"他这话说得多么迷人。"不要为明天忧虑。灵魂不胜于饮食吗？身体不胜于衣裳吗？"[103] 这后一句话，古希腊人大概也说得出，这话充满了古希腊的精神。但只有基督能同时说这两句话，为我们完美地总结出生命的要义。

他的道德全在同情，而道德正应如此。他说："她许多的罪都赦免了，因为她的爱多。"即便他一生只说过这一句话，也能令他死而无憾了。他的正义皆是诗意的正义，而正义正应如此。乞丐进天堂是因为他在人间不曾快乐。我再想不出让乞丐进天堂更好的理由。凉爽的傍晚时在葡萄园里工作了一个钟头的人，与在烈日下劳作了一整天的人，所得的报酬一样多。为什么不能这样呢？大约没有人理应得到任何东西。或者他们只是两类不同的人。基督才懒得理那些了无生气、机械呆板的系统，它们把人当作东西看待，所以才会一视同仁地看待所有人，仿佛所有人、所有东西都与世上的一切没有区别。而基督眼里没有法则，只有例外。

浪漫主义艺术的基调，对他而言正是现实生活的恰当基础。他眼里再看不到其他基础。他们把一个犯了罪被当场逮着的人带到他面前，给他看法律里写着她该被判什么刑，问他该怎么处置。他却用手指在地上写字，好像根本没听见他们的问话。他们一再催问，最后他才抬起头，说道："你们中间谁是没有罪的，谁就可以先拿石头打她。"说出这样一句话，一生便没有白活。

与所有诗性的灵魂一样，他爱无知的人。他明白，无知之人的灵魂中，永远有空间容纳伟大的理念。但他不能忍受愚人，尤其是被教育教得愚蠢的人——那些人一肚子意见，却没有一条是他们真正理解的，说来奇怪，这倒是一种相当典型的现代人格。基督概括说，这类人手里拿着知识的钥匙，自己不能用，又不准别人用，即使那钥匙可以用来打开上帝之国的大门。他最反对的是庸俗的"非利士人"，讨伐他们是每一个光明之子都必须参加的战争。庸俗是那个时代和他所处的社会的主旋律。那些人闭目塞听，沉闷地装腔作势，无趣地抱守正统，膜拜庸俗的成功，心无旁骛地沉迷于粗俗的物质生活，而且自矜自大到了荒唐可笑的程度，如此看来，基督时代的耶路撒冷人和我们这个时代英国的非利士人简直如出一辙。基督嘲讽那种体面是"粉饰的坟墓"，这个比喻因此千古流传。他把世俗的成功看作一种绝对可鄙的东西，认为其没有丝毫价值。他把财富看作负累。他不愿看到人的生命成为任何一种思想或道德体系的牺牲品。他指出形式和礼仪应该为人服务，而不是人为形式和礼仪服务。他认为守安息日的戒律属于那种大可不用理会的东西。冷漠虚伪的乐善好施，招摇浮夸的慈善表演，中产阶级推崇备至的繁文缛节，这些他都毫不留情地彻底鄙视。对我们而言，所谓"正统"不过是一种既不真诚又不聪明的默认，但对那些非利士人而言，在他们手中，它却成了一种令人动弹不得的可怖暴政。基督把这一切扫到一边。他向世人展示了精神是唯一有价值的东西。他最爱戳破那些人，自以为成日咏读《律法书》和《先知书》，其实却丝毫不明白这两本书的意思。他们如抽出薄荷和芸香进贡一样，每天抽出一部分时间来履行既定职责的例行公事，但基督反对这样做，他宣讲的是：完完全全地活在当下才是至为重要的。

他把一些人从罪恶中救出来，但那些人得救只因他们生命中的那些美好的时刻。抹大拉的玛利亚见到耶稣时，打破了她的七个情人中的一个送她的丰润玉瓶，把里面的香膏涂在耶稣风尘仆仆的脚上。就因为这一刻，她得以永远与路得和贝雅特丽齐同坐在天堂雪一般白的玫瑰丛中。基督以略带警告的语调说给我们听的，统共不过就是每一个时刻都应当美丽，灵魂应该时刻准备迎接新郎[104]，时刻等待爱人的声音。其实庸俗不过是人性中未被想象力照亮的那一面，基督把生命中一切美好的影响都看作光。想象力本身就是世界的光，世界是由它造的，可又不能理解。这是因为想象力不过是爱的一种表现，而让一个人区别于其他人的正是爱和爱的能力。

但基督和罪人打交道的时候才是他最浪漫的时候，所谓最浪漫便是最真实的意思。世人向来爱圣人，因为圣人是通向上帝的至善至美的最短途径。而出于某种神性的本能，基督却似乎向来爱罪人，因为罪人是通向人的至善至美的最短途径。他最根本的愿望不在于改造人，正如他最根本的愿望不在于减轻世间的痛苦。把一个有趣的盗贼变成一个乏味的老实人不是他的目的。他对"囚犯援助会"或是其他诸如此类的现代运动不会有太高的评价。把一个受人鄙视的税吏变成一个恪守教规的法利赛人，在他眼里根本算不上多大的成就。但他以一种世人尚不理解的方式，把罪孽和苦难本身看成美丽而神圣的东西，看成达成完美的途径。这理念听起来非常危险。确实非常危险。一切伟大的理念都是危险的。但这就是基督的教义，这一点不容置疑。我本人毫不怀疑这是基督的真教义。

当然罪人必须忏悔。可为什么必须呢？只因为不这样他便不能意识到自己做了什么。忏悔的那一刻就是新生的那一刻。还不只如此。忏悔是一个人修改自己的过去的手段。古希腊人认为这是不可能的。他们常在格言里说："即便是众神也无法修改过去。"[105]但基督向世人展示,连最普通的罪人也能做到这一点。这是他们唯一有能力做到的事。如果有人问他,基督会说(我十分确信他一定会这么说的),在浪子跪下痛哭的那一刻,他已经把自己为妓女散尽家财、饿到放猪时与猪争吃豆荚的过往,变成了他生命中美丽而神圣的事件。大部分人很难理解这一点。我敢说人只有进一次监狱才能理解。若真如此,那么进监狱或许也是值得的了。

基督身上有无比独特的东西。当然,在基督之前便有基督徒,这就如黎明前会有虚假的曙光,就如冬日里有时会突然洒满阳光,骗得聪明的藏红花未到时节浪掷金蕊,骗得糊涂的鸟儿唤出伴侣在枯枝上筑巢。对此我们应该心存感激。不幸的是,在基督之后再也没有过基督徒。我说只有一个例外,就是阿西西的圣方济各。但那是因为他出生时上帝就给了他诗人的灵魂,他本人很年轻时又通过一桩神秘的联姻娶了贫穷为妻,有了诗人的灵魂和乞丐的肉体,对他而言通往至善至美的路自然不难走。他理解基督,所以成了像基督一样的人。我们不需要《认证书》[106]来告诉我们圣方济各的生命是真正的"效法基督":他的生命是一首诗,与之相比叫那个名字的书不过是篇散文而已。说到底,这才是基督的真正魅力所在。他本身就像一件艺术品。他并不真正教导人什么,只要被带到他面前,人便自然成就了。而每个人都注定要到他的面前。在每个人的人生中,都至少有一次会与基督同行至马忤斯村。

至于另一个主题,艺术生活与为人处世的关系,你一定奇怪我怎么会选它。人们指着雷丁监狱说:"这就是艺术生活会把人带到的地方。"好吧,艺术生活还可以把人带去比这更糟的地方呢。对头脑机械的人来说,生活是一种精明的投机,靠的是对方法和手段的仔细计算,他们永远知道自己要去哪,也真的会走到那里。如果初衷是当上教区执事,那么无论被安排在什么地方,他们最后总能成功当上教区执事,但也仅止于此,不会更多了。人若想成为自己以外的什么,比如国会议员、生意兴隆的杂货商、有名的律师、法官,或者其他什么无聊的角色,他们毫无例外总会成功地变成他们想成为的人。但这成功是对他们的惩罚。谁想要一副面具,就得一直戴着。

但生命的活力不是这样,那些成为这活力化身的人也不是这样。那些只想实现自我的人,从不知道自己要去哪里。他们不可能知道。当然,在某种意义上,认识自己,就像古希腊神谕所说的那样,是必要的[107]。认识自己是人获得的第一项知识成就。但明白"灵魂是不可知的"才是智慧的终极成就。自我是终极的谜题。人即便称出了太阳的重量,量出了月亮的圆缺,绘出了九重天上的每一颗星星,也依然不能了解自己。谁能算出自己灵魂的轨道呢?基士的儿子出门为父亲寻驴时,并不知道上帝的使者已拿着加冕用的油膏等着他,也不知道自己的灵魂已经成了王的灵魂[108]。

我希望能活得够久,能写出这样的作品,这样我在生命将尽时便能自豪地说:"看,这就是艺术生活会把人带到的地方。"我人生中遇到过的最完美的两个生命是魏尔伦和克鲁泡特金公爵的生命,两人都在监狱中度过了许多个年头[109]:前者是但丁之后唯一的基督诗人,后者拥有似乎出自俄罗斯的美丽的白基督之魂。在过去的七八个月间，尽管一连串的大麻烦几乎不间断地从外部世界向我涌来，我却因为一些人和事直接接触到了一个刚来监狱工作的人，他对我的帮助是任何语言都无法形容的。在狱中的第一年里，我整天在无力的绝望中绞着双手说："这是什么样的结局啊！多么可怕的结局啊！"除此以外我什么也不做，我不记得自己做过其他任何事。但因为这个人的帮助，现在我试着对自己说，在我不折磨自己的时候，我有时甚至能发自内心地这么说："这是怎样的开始啊！多么美好的开始！"也许这是真的。也许这会是真的。若真如此，那我欠我刚刚提到的那位新人[110]太多，他改变了这里每一个人的生命。

事物本身是无足轻重的，而且——既然形而上学教了我们这条道理，就让我们破例感谢它一次吧——它们其实并非真实存在。重要的只有精神。正确的惩罚方式能治愈旧伤口，而不是制造新伤口，正如错误的施舍方式会把施舍者手里的面包变成石头。这里的变化多么大啊——变的不是规章，因为规章是被铁律定死的，而是规章背后的精神（规章只是这种精神表达自己的方式）——我这么对你说你就明白变化有多大了：假如我去年5月就出狱，我试着争取过的，那我会带着对这里和这里的每一位官员的憎恶离开，那仇恨的怨苦足以毒害我的生命；结果我又多坐了一年牢，但这一年间人道精神与这里的每个人同在，现在我出去后，会永远记得我在这里从几乎每个人身上获得的巨大善意，获释的那一天我会向许多人道谢，并请他们也记住我。

监狱制度是完完全全、彻彻底底的错误。等我出去之后，如果我能改变这制度，我愿付出一切。我打算试一试。但只要有人道精神，也就是爱的精神，不在教会中的基督的精神，这世上无论多么错误的东西都可以被改变，即使不能变成对的，至少可以变得让人能够忍受，心中不存太多怨苦。

我也知道监狱外头有许多快乐的东西在等着我，从阿西西城的圣方济各说的"风兄弟""雨姐妹"[111]（两者都是非常可爱的东西），到商店的橱窗和大都市的日落。若是叫我列一份清单，把所有依然属于我的东西写上，我真不知道要写多长才能写完。因为，其实上帝在这世上给我的东西就跟给其他人的同样丰富。或许我出去的时候心里会带着我从前没有的东西。我不必再对你说，我认为道德改造同神学改造一样庸俗且毫无意义。然而，虽然"成为一个更好的人"是句不科学的空话，但"成为一个更有深度的人"却是受过苦的人的特权。我想我已经成了一个更有深度的人。你可以自行判断我说得对不对。

等我出去以后，要是有朋友摆宴席却不请我，我是一点也不会介意的。我一个人独处就会非常快乐。有自由、书籍、鲜花和月亮相伴，谁会不快乐呢？而且宴饮已经不再吸引我了，我过去摆过太多宴席，早就不感兴趣了。那方面的生活对我来说已经结束，我敢说这是件非常幸运的事。但是，等我出去以后，要是有朋友心里有悲伤却不肯让我分担，我会觉得非常痛苦。若是他紧闭哀丧之屋的门扉，把我拒之门外，我会一次又一次地回去，求他放我进去，好让我分担我有权分担的东西。如果他觉得我不配，觉得我不适合与他一起哭泣，我会觉得这是最痛的耻辱，世上一切能加诸我身的羞辱中这是最可怕的一种。但不会这样的。我有权分担悲伤，如果一个人既能看见世界的美好，又能分担世界的悲伤，还能明白两者的奇妙，他便直接触到了神性的东西，走到了离上帝的秘密最近的地方。

也许我的艺术也能像我的生活一样奏出更深沉的调子，在这调子中激情将更和谐统一，冲动将更直接率真。现代艺术的真正目标不在广度，而在烈度。在艺术中，我们关心的不再是典型，而是例外。我不可能把我受过的苦以它们本来的任何形式表现出来，这简直不用说了。模仿结束时，艺术才真正开始。但我必须在我的作品中注入某种新的东西，也许是更和谐的文字，更丰富的音律，更奇妙的色彩效果，更简单的结构秩序——总之是某种美学上的特质。

古希腊人说，当玛尔绪阿斯的身体"被从四肢那剑鞘般的皮囊中扯出来"[112]（这是但丁最恐怖、最有塔西佗味的句子之一），便再不能奏出歌声了。阿波罗胜利了。七弦琴征服了芦笛。但古希腊人也许说错了。我在许多现代艺术中听见玛尔绪阿斯的歌声[113]。这歌声在波德莱尔那里是苦涩的，在拉马丁那里是甜蜜而哀伤的，在魏尔伦那里是神秘的。它是肖邦音乐中的延迟解决，是伯恩－琼斯画里妇女脸上一再出现的不满神色。即便是马修·阿诺德，他的《卡利克斯之歌》以那么清晰的抒情之美讲述"甜美动人的七弦琴的胜利"及"那著名的最终胜利"，他的诗作中也不乏玛尔绪阿斯的歌声[114]，在他的诗句中，怀疑和痛苦的弦外之音总是不安地萦绕不去，而玛尔绪阿斯的歌声就回荡在那里面。尽管他先后追随过歌德和华兹华斯，但两人都无法治愈他。当他想哀悼"色希斯"，或是想为"吉卜赛学者"歌唱时，他能拿起来演奏音乐的已经只有芦笛了。但不管弗利吉亚的那位半人半羊的神[115]是否沉默，我是不能沉默的。我必须表达，就像那几棵从监狱的高墙上探出头来，在风中不停摇曳的枝丫漆黑的树必须有叶与花一样。虽然现在我的艺术与世界之间隔着一道鸿沟，但在艺术与我之间却没有任何间隙——至少我希望如此。

人的命运各有不同。上天派给你的是自由、享乐、欢愉和安逸的生活，而你却配不上。上天派给我的是当众蒙羞、漫长的监禁、悲惨、毁灭和耻辱，而我也配不上——至少现在还配不上。我记得我曾经说过，我想我能承受一出真正的悲剧，只要它降临在我身上时罩着肃穆的紫色棺衣，戴着高贵的悲伤面具[116]。但现代性的可怕之处在于它让悲剧披上喜剧的外衣，于是伟大的现实看上去成了平庸、丑怪或缺乏格调的东西。现代性是这样的。很可能现实生活其实一直是这样的。据说，在旁观者眼里，一切殉道壮举都是卑贱难看的[117]。十九世纪也未能逃离这条普遍规律。

在我的悲剧里，一切都是丑陋、卑贱、令人作呕、缺乏格调的。我们的衣服就叫我们看上去丑怪不堪了。我们是悲怆的丑角。我们是心碎的小丑。我们被特地披挂打扮，就是为了逗人发笑。1895年11月13日，我被从伦敦押送到这里[118]。那天我不得不身着囚服、戴着手铐，在克拉珀姆交会站的中央站台上，从两点站到两点半，供世人围观。我事先没得到一丁点通知，就被他们从监狱医院里带出来。周围一切可能的人与物中，就数我最丑怪。人们看见我就笑。每来一班火车，就新添一圈观众。再没有什么比我更能让他们快乐了。当然这还是在他们知道我是谁之前。听说我的身份后，他们笑得更厉害了。整整半个小时，我站在11月灰暗的雨里，被一群暴民围着嗤笑。遭受这一切后整整一年，我每天两点到两点半间都会哭泣。不过这并没有你听来那么悲惨。因为对监狱里的人而言，眼泪是每日经历中必不可少的部分。若你在狱中过了一天而竟没有哭泣过，那不是因为你心里觉得快乐，而是因为你的心硬到麻木了。

不过，现在我真的开始觉得那些嘲笑我的人比当天的我更可悲。当然他们看到我时，我不是站在偶像的基座上被崇拜，而是戴着枷锁被押送。可人若是只喜欢偶像基座上的人，那他实在是非常缺乏想象力。偶像脚下的基座可能是非常虚幻的东西，可囚犯颈上的枷锁却是非常可怖的现实。除了缺乏想象力，他们也不该如此读不懂悲伤。我说过，悲伤背后永远只有悲伤。更有智慧的说法应该是：悲伤背后永远有一颗灵魂。嘲笑一颗痛苦的灵魂是件丑陋的事。谁这样做，他的生命便不再美丽。这世间的经济法则简单得出奇，人们只能得到他们给出的东西，对那些因为想象力不足而无法看透事物表象从而心生怜悯的人，除了鄙夷，我们还能怎么去怜悯他们呢？

我对你讲我如何被押送到这里，只是为了让你明白，要从我受的惩罚里获取仇恨和绝望之外的东西是多么困难。但不管多难我都要做到，而且有那么一些时刻我确实能做到顺从和接受了。整个春天可以藏在一朵待放的花蕾中，云雀在低地上筑的巢能盛下的喜悦，足以预报许多个玫瑰色的黎明。既然如此，也许我生命中尚存的美就藏在那些屈服、羞愧和耻辱的瞬间中。不管怎样，我也只能沿着我自己的路向前走，并且通过接受发生在我身上的一切让自己配得上它。

人们以前常说我太个人主义了。但我现在必须远比过去更个人主义。我必须从自己身上找出远比过去任何时候更多的东西，而向外部世界索要远比过去任何时候更少的东西。其实我的毁灭不是因为我活得太自我，而是因为我活得不够自我。我人生中最不光彩、最不可原谅、永远值得鄙视的举动，就是我被迫向社会寻求帮助和保护，想让它帮我对付你父亲。从个人主义的角度看，不管为了对付什么人，这样求助都足够糟糕了，更何况我是为了对付一个天性如彼、嘴脸如斯的人，我还有什么借口好找呢？

当然，一旦我启动了社会的力量，社会便掉转过头来质问我："你不是一向视我的法律为无物吗，怎么如今倒要来求这些法律保护你了吗？既然如此，你就得让法律发挥到极致。你就得受你求助的法律约束。"结果就是我进了监狱。从警察法庭开始，我受了三次庭审，其间，我一直痛苦地觉得自己所处的位置既讽刺又可耻，因为我总看见你父亲忙忙碌碌地跑进跑出，就想引起公众的注意，仿佛有人能不注意到他那马夫似的步态和衣着、弓着的腿、抖个不停的手、耷拉着的下嘴唇和畜生似的咧嘴傻笑。就算他不在场或是不在我视野里，我也总觉得他在那里，有时我甚至看到法庭那四面阴惨的白墙或者空无一物的空气里飘浮着无数张他那猿猴般的面孔。世上一定从未有人如我这般，如此不体面地倒下，被如此不体面的手段推倒。我在《道林·格雷的画像》中的某处说过："人选择敌人时再小心也不为过。"[119] 当时我哪里想得到，日后我会被一个贱人弄成贱人。

是你怂恿我、强迫我向社会求助，这是我如此看不起你的原因之一，也让我如此看不起对你屈服的自己。你不能欣赏作为艺术家的我，这情有可原。你脾性如此，你也没有办法。但你本可以欣赏作为个人主义者的我，这不需要文化修养也能办到。可你没有，于是你把庸俗的元素注入了一个全心全意与庸俗斗争、从某种角度看甚至曾经彻底击败过它的生命。生命中的庸俗元素不是指对艺术缺乏理解。那些迷人的人，比如渔夫、牧羊人、耕地时牵牛的小男孩、农民之类，虽然对艺术一无所知，却是地球之盐。庸俗的人，是那些不仅拥护沉重、累赘、机械的社会力量还充当其帮凶的人，是那种明明在人或运动中看到生命的活力却认不出来的人。

人们认为我很可怕，因为我在餐桌上招待生活中的邪恶人物，还很享受他们的陪伴。可在生活中我的角色是艺术家，从我的角度看，他们令人愉快，富有启发性和刺激性。这就像与豹子共进晚餐[120]，激动人心一半是因为危险。驯蛇人把眼镜蛇从装蛇的印花布或藤条筐里引出来，让它随着笛声鼓起帽兜，如溪流中安然摇曳的水草般前后摇摆身体，那一刻他的感觉一定同我一样。那些恶人对我来说就是颜色最亮丽的金蛇。毒液正是令他们完美的元素之一。我没有想到，日后他们会因你的笛声和你父亲的钱而窜起来咬我。但我一点也不为认识他们而羞愧。他们太有趣了。令我羞愧的是你让我的生活染上了那种可怕的庸俗气氛。身为艺术家的我本该与阿里尔为伍，你却教我去跟卡利班扭打。我本该去创造像《莎乐美》《佛罗伦萨悲剧》和《圣妓》那样色彩美丽、富有音韵的东西，结果却不得不浪费时间给你父亲发长长的律师信，被迫向我一向反对的东西求助。臭名昭著的克利伯恩和阿特金斯[121]在与生命为敌方面表现得实在出色，招待他们是场惊人的冒险。如果大仲马、切利尼、戈雅、爱伦·坡或波德莱尔处在我的位置上，他们一定也会做和我一样的事。令我恶心的回忆不是招待他们，而是和你一起没完没了地去见律师汉弗莱，在那个阴惨房间的刺目强光里，你我坐在那里板起严肃的面孔，一个劲地对一个秃子说着一本正经的谎言，直到我厌烦地口吐呻吟、打起哈欠来。我与你相交两年，这就是我最后落到的地方，庸俗的正中央，远离一切美丽、明亮、奇妙、勇敢的东西。到头来我不得不为你出面，扮成一个卫道士，为体面的行为、清白检点的生活和艺术中的道德摇旗呐喊。这就是走上邪路的结果！[122]

教我奇怪的是，你怎会去学你父亲的主要性格特质。我不能明白，他明明该是你的警戒，你怎么反倒拿他做起榜样来，也许两个人之间只要有了仇恨，就会生出某种纽带或者说是某种兄弟般的情谊吧。我猜想，基于某种同类相斥的奇怪法则，你们恨对方不是因为你们在许多方面太不同，而是因为你们在某些方面太相似。1893年6月，你离开牛津时不仅没拿到学位还背了债务，那笔债本身数目并不大，但对你父亲那种收入的人而言却是一笔巨款。于是他给你写了一封非常粗俗、凶暴的信，对你极尽辱骂之能事。而你给他的回信从各方面看都有过之而无不及，所以当然远比他的信更不可原谅，但你居然因此对这封信极为自豪。我记得相当清楚，你当时带着最自夸的神情对我说，你有本事在你父亲的"老本行"上打败他。这话说得实在没错。可那是个什么行当啊！你们两人之间这是场什么比赛啊！你以前常常嘲笑讥讽你父亲，说他人住在你表兄弟家里，却要偷偷跑出来，到邻近的旅馆里租个房间，为的是在那里给你表兄弟写脏话连篇的信。可你以前对我的所作所为其实与你父亲毫无二致。这种事情三天两头就要来一遭：你同我在对公众开放的餐馆里吃午饭，吃着吃着你就板起脸不高兴了或者当众大闹一场，饭后，你退到怀特俱乐部里，给我写一封言辞最恶劣的信。你和你父亲唯一的区别在于，你专门派人把信送给我后，没几个小时就会亲自到我房间里来，不是来向我道歉，而是来问我有没有在萨瓦伊酒店订好晚饭，如果没有，为什么没有。有时候我还没来得及读你那封无礼的信，你人居然就先到了。记得有一次，你叫我请你的两个朋友去皇家咖啡厅吃午饭，其中一个我从未谋面。我照办了，还按你的特别要求提前预订了一桌特别豪华的午餐。我记得，主厨是从别处特地请来的，对喝什么葡萄酒也做了专门安排。结果你人没来赴宴，倒是派人送来一封辱骂我的信，信送到时，我们已经在咖啡厅干等了你半个小时。我读完第一行就明白那是封什么信，于是一边把信塞进口袋里，一边对你朋友解释说，你突然病了，信里剩下的内容写的都是你的病情。事实上，那天我在泰特街更衣准备吃晚饭时才读了你的信。我身陷恶语的泥沼，无限悲哀地寻思你怎么能写出这种活像癫痫病人口吐白沫般的信，就在这时，我的仆人走进来告诉我你在大厅里等着，非常急切地要见我五分钟。我立刻派他下楼请你上来。你来了，我承认你看上去脸色惨白、非常惊怕，你求我给你建议和帮助，因为有人告诉你，最近有个兰姆雷来的律师在卡多根广场附近打探你的消息，所以你很怕牛津的哪桩旧麻烦或是某项新危险要找上门来威胁你。我安慰了你，跟你说那人大概只是哪个商店派来要账的（事实证明我说对了），又邀请你留下来吃完饭，跟我共度那个晚上。对你那封骇人的信，你只字不提，我也只字未提。我只当那是你不快乐的脾性表现出的一种不快乐的症状。这事便翻篇了，我们从未谈过它。下午两点半给我写一封令人恶心的信，然后同一天傍晚七点十五分又飞奔到我这里，寻求我的帮助和同情，这种事情在你的生活中司空见惯。在这类习惯上你比你父亲有过之而无不及，在其他方面也一样。他写给你的那些令人作呕的信被拿到法庭上公开宣读时，他自然感到羞愧并假装哭泣起来。要是你给他的那些信被他的律师拿出来宣读，在场的每个人感到的恐怖和厌恶只会更多。你在你父亲的"老本行"上打败了他，这可不只体现在文字风格上，你攻击人的方式也是一骑绝尘，完全把他甩在后面。公开电报、不加信封的明信片，你把这些都用了起来。我看这些讨厌的骚扰方式你或许应该留给阿尔弗雷德·伍德[123]之流使用，毕竟他们是靠这个吃饭的。你不觉得吗？对他和他那个阶级的人来说，这是一项谋生的职业，你倒把它当成了一种乐趣，一种非常邪恶的乐趣。通过那些信，因为那些信，我吃了多少苦头，在这一切之后，你却依然没有改掉写这种恶语伤人的信的恶习，竟依然把这看成你的本事之一，还把这本事用到我的朋友身上，用到那些在我入狱以后对我友善的人身上，比如罗伯特·谢拉德和其他一些人。你这种行径实在可耻。我告诉罗伯特·谢拉德，我不希望你在《法兰西信使报》上刊登关于我的文章，不管附不附我写给你的信件。他转告你时你本该感激他的，因为他代你探明了我对此事的意愿，无意中救了你，免你对我造成比以前更多的伤害。你得记住，一封态度居高临下、措辞庸俗不堪、呼吁以"公平竞争精神"对待一个"被打倒的人"的信若是登在英国报纸上倒也罢了，因为英国报界在对艺术家的态度上本来就有这种老传统。但在法国登这种语气的东西只会让我被嘲笑，让你受鄙视。在知道其目的、文风、论述方式之前，我不可能允许你刊发任何关于我的文章。因为在艺术上"本意不坏"是毫无价值的。所有糟糕的艺术都是"本意不坏"的产物。

在我的朋友中，被你写信以怀恨恶毒之辞谩骂的不止罗伯特·谢拉德一个，就因为他们要求你在处理关于我的事情时先征询我的意愿和感受，比如在报上刊登关于我的文章，把你的诗献给我，交出我的书信和礼物，等等。除了罗伯特·谢拉德，你还骚扰过，或者企图骚扰过其他人。

你可曾想过，过去两年间我服着骇人的刑罚，若是期间我只能依靠你一个朋友，我的处境会有多惨？你想过这个吗？我的那些朋友出于毫不吝惜的善意，出于无尽的忠诚，以付出为喜乐，分担了我肩上的重担，他们一次又一次地来看望我，一封又一封地给我写美丽而充满同情的信，为我管理各种事务，为我安排未来的生活，即使面对众人的嘲笑、奚落、公然讥讽和侮辱，也坚定地站在我身边，你可曾为这些对他们心怀一丝感激？我每天都感谢上帝赐予我除你以外的朋友。我得到的一切都是我欠他们的。我牢房里的书是罗比用他的零花钱给我买的。等我出狱的时候，他还会再掏钱买衣服给我穿。接受出于爱和关心的馈赠我丝毫不会觉得羞愧。我为能接受这些而骄傲。但你可有一刻想过，这些予我安慰、帮助、关爱、同情等的朋友，比如莫尔·阿迪、罗比、罗伯特·谢拉德、弗兰克·哈里斯、阿瑟·克利夫顿，对我而言意味着什么？我估计你从来不明白他们对我的意义。然而，但凡你还有一丝想象力，你就该明白，在我牢狱生涯中每一个对我好的人——下至那个有时对我道"早安""晚安"的看守，问候我并不是他的分内之责；下至那些普通警察，在我精神极度痛苦的情况下，在我被押送来往于破产法庭时，他们努力用粗陋的家常话语安慰我；下至那个可怜的盗贼，我们在旺兹沃思监狱的庭院里一起放风时，他认出了我，就以监狱里的囚犯长期被迫沉默而变得沙哑的嗓音悄悄对我说："我为您感到难过。您这样的人受这种苦比我这样的人更难熬啊。"——我要说，这些人中的每一个，你若有机会跪下来给他们擦掉鞋子上的污泥，你都该感到荣幸。

不知你是否有足够的想象力看出，遇上你们一家子对我而言是个多么可怕的悲剧？不管是谁，只要他有地位、有名声、有任何重要的东西可失去，遇上你们都会是个天大的悲剧啊！在害我身败名裂的路上，你们家族的长者——除了珀西，他真是个好人——几乎没有一个人没出过手。

我在这封信里同你提你母亲时带着一些怨气，我强烈建议你把这封信拿给她看看，这主要是为了你好。若是她读一封指控她一个儿子的信都觉得痛苦，那么请她想想我的母亲吧。她的才华能与伊丽莎白·巴雷特·布朗宁比肩，她的历史地位不逊罗兰夫人[124]，她一向以我这个儿子的才华和艺术为傲，一向以为我们家族显赫的名字定能因我而光大，结果这个儿子被判两年苦役，她是因为这个而在心碎中死去的。你一定会问我：你母亲哪里害我毁灭了？让我这样答你：就像你千方百计地把你身上一切不道德的责任转嫁给我一样，你母亲千方百计地把她对于你的一切道德责任都转嫁给我。关于你该怎么过你的人生，作为一个母亲她本该直接与你面谈，可她非但没那样做，还总是私下写信给我，以那种恳切而惊恐的语气求我别把她给我写信的事告诉你。你看出我夹在你和你母亲之间是何种处境了吧，其错误、荒谬和悲惨不亚于我夹在你和你父亲之间的处境。1892年8月和同年的11月8日，我两次为你的事情跟你母亲当面长谈。两次我都问她为什么不直接同你谈，两次她都这样回答我："我害怕，我不敢找他谈，一说他就大发脾气。"第一次我不明白她的意思，因为那时我还很不了解你。但第二次我已经太了解你，所以完全理解她这话的意思。在这两次谈话之间你犯了一次黄疸病，医生叫你去伯恩茅斯疗养一周，你最讨厌独处，所以劝我陪你去，我答应了。可作为母亲，首要职责就是不能因为害怕而不敢严肃地同儿子谈话。如果你母亲1892年7月就找你严肃谈谈她在你身上看到的问题，让你对她敞开心扉，那么一切都会好得多，你们两人最终也都会得到快乐得多的结局。她选择偷偷摸摸地同我秘密通信是完全错误的。你母亲没完没了地给我寄些那些短信，信封上写着"私人信函"四个字，信里不断求我少请你出去吃饭，别给你钱，每封信的结尾还要恳切地写上同一句话："不管发生什么，都别让阿尔弗雷德知道我给你写过信。"她这样做到底能有什么用处？这种通信到底能产生什么好处？你哪次是等我邀请你出去吃饭的？一次都没有。你向来把跟我一起吃饭视作理所当然。如果我有异议，你总是回我同一句话："要是我不跟你一起吃饭，我该去哪里吃饭？你总不至于叫我回家吃饭吧。"这话我根本没法答。如果我坚决不肯同你一起吃饭，你一定会威胁要做什么傻事，而且总是言出必行。所以你母亲写那些信给我到底能有什么结果呢？除了愚蠢而又致命地把她对你的责任转嫁到我肩上以外，还能有什么结果？事实证明，你母亲的软弱和缺乏勇气对她自己、对你、对我都深具毁灭性，这方面各种各样的细节太多，我不想再谈。但有一点是肯定的：当她听说你父亲跑到我家来令人恶心地大闹一场，弄出一桩公共丑闻来，总该看出一场严重的危机已经迫在眉睫了吧，难道她不该采取一些严肃的措施试图避免这危机吗？结果呢，她唯一能想到的就是派那位能说会道的乔治·温德姆[125]来找我，以他的如簧巧舌劝我——你知道劝我干什么吗？劝我"渐渐将你放掉"！

就好像你是一个我能"渐渐放掉"的人似的！为了斩断我们的友谊，我已经试过所有可能的办法，甚至不惜离开英国，还留下一个假的外国地址，指望能如此一刀斩断那条对我来说已经变得可厌、可憎、深具毁灭性的纽带。你觉得我有可能"渐渐放掉"你吗？你觉得我"渐渐放掉"你就能令你父亲满意吗？你知道他根本不会满意的。其实，你父亲想要的根本不是你我友谊的中断，他想要的是一桩公共丑闻。他千方百计想得到的就是这个。他的名字有好些年没上报纸了。他看准了这是个机会，能让他以全新的形象——一位慈父的形象——出现在英国公众的视野里。他的幽默感被调动起来了。要是我真的斩断了同你的友谊，他才会大大地失望呢，就算他自己第二度离婚的官司[126]，不管其细节和始末有多令人恶心，能为他赢得小小的骂名，也不能安抚他在我这一头的失落。因为他追求的是大大出名、广受欢迎。而以英国公众目前的水平看，把自己装扮成所谓捍卫纯洁的卫道士实乃一时化身英雄最保险的途径。我曾在一出戏剧里说过，"公众"这东西一

113

年中有半年是卡利班，另半年是答尔丢夫[127]。而你父亲可以说同时是这两个角色的化身，因此非常适合以咄咄逼人的形象成为清教主义最典型的代言人。所以就算我真能"渐渐放掉"你，也是不会有任何用处的。你现在明白了吗，你母亲当时唯一该做的事是叫我去见她，然后当着你和你兄弟的面，明明白白地说你我的友谊必须终止。她如果那样做，就会发现我是她最热情的附议者，而且有我和德拉姆兰里格在场，她也不用害怕同你说话。但她没有那样做。她害怕自己的责任，想把那些责任转嫁给我。她确实给我写过一封信。那封信很短，叫我别给你父亲发那些警告他罢手的律师信。这个建议她倒是提得很对。我当时咨询律师，希望他们能保护我，这种做法是荒唐可笑的。但不管那封信本可以产生什么正面效果，都被她照常写在信尾的那句附言完全抵消了："不管发生什么，都别让阿尔弗雷德知道我给你写过信"。

你见在你之外还有我也给你父亲发律师信，简直乐得不能自已。是你怂恿我这样做的。我没法对你说你母亲强烈反对这样做，因为她曾叫我以最庄严的方式发誓，不能把她写信给我的事告诉你，而我愚蠢地遵守着这条约定。难道你现在还看不明白，她不直接同你谈是错的吗？还看不明白，她秘密地暗中找我谈话、偷偷摸摸地给我写信，这些都是错的吗？没有人能把自己肩上的责任转嫁给他人。责任最终总会跑回它们真正的主人那里。你的生活理念只有一个，你的人生哲学只有一条（我就高看你一次，假定你还有"人生哲学"好了），那就是不管你做什么，代价一定要推给别人承担：我指的不仅是经济上（那只不过是你这条人生哲学在日常生活中的实际应用而已），我指的是你总能在最广泛的范围内，最充分地推卸一切责任。推卸责任是你的信条。到目前为止你还真是次次成功呢。你强迫我采取行动，因为你知道你父亲绝不会以任何方式攻击你的生活或你本人，你还知道我会誓死捍卫这两者，知道不管你们把什么推到我肩上，我都会一力承担。你想得一点都没错。你父亲和我，动机当然截然不同，但我们每一步的行动都与你盘算的分毫不差。可不知怎么，尽管你机关算尽，到头来自己也没能真正逃脱干系。你搞的"婴儿撒母耳"那一套（为简洁起见，姑且让我这样称呼吧）在普通大众那里确实挺吃得开。这套戏码在伦敦可能会受到不少鄙视，在牛津也许会赢得少量讥笑，但那仅仅是因为在这几个地方有些人认识你，因为这里都不免留着你过去的足迹。可除了这两处小部分人外，全世界都把你看成一位纯洁的好青年，被一位邪恶、不道德的艺术家诱惑而险些失足，好在青年慈爱的父亲及时出手相救，让你未至堕落。这一整套戏码听起来都好得很。可是，你心里清楚，你并没有逃脱。我说的不是"逃脱"那个愚蠢的陪审员提出的那个愚蠢的问题，那问题太愚蠢，政府和法官当然都不屑理会。没人在意那个。我说的"逃脱"也许主要是指逃脱你自己。总有一天，你会不得不思考自己的所作所为，在你自己眼中你不会，也不可能会对事情的结果心安理得。你一定会暗地里对自己倍感羞愧。拿一张厚脸皮面对全世界固然厉害得很，但我想，当你独自一人、没有观众在场时，总会偶尔有些必须摘掉面具的时候，因为人总是要喘口气的。若不那样，真的，你会在那副面具下窒息而死的。

　　同样，你母亲也必然会有些后悔的时刻，后悔把她肩负的重大责任推给别人,推给一个已经背负了千斤重担的人。她对你来说既是父亲,又是母亲,可同时占据两个位置的她可有真的履行任何一个位置的职责?你的坏脾气、你的粗鲁、你的大吵大闹,如果说这些我都忍受了,她或许也该忍受一遍才对吧。我上次见到我妻子已经是十四个月前的事了,我对她说,以后她不得不既当西里尔的母亲又当他的父亲。我对她细讲了你母亲是怎么对你的,这封信里提及的每个细节我都告诉她了,当然讲得只会比这里写得更详尽。我们从前在泰特街总是没完没了地收到你母亲寄来的信,信封上标着"私人信函"四个字。那些信来得那么勤,我妻子常笑着说,我同你母亲一定是在共同创作什么社会小说之类的作品吧。我把那些信背后的缘故告诉了她,恳求她千万别像你母亲对你那样对西里尔。我请她一定要好好把他养大,教会他以后如果伤害了别人,手上沾了无辜者的鲜血,务必回家告诉母亲,先让她帮他洗干净手上的血,再教他如何用忏悔和赎罪洗干净自己的灵魂。我还告诉她,如果她害怕对别人的人生负责任,尽管这别人是她自己的孩子,就该另找一位监护人来帮她。现在我可以很高兴地说,这一点她已经照办了。她选的监护人是阿德里安·霍普,你在泰特街见过他一面的,他出身高贵、修养高、性格好,又是她的表亲,有他照顾,西里尔和维维安的美好前程就大有指望了。你母亲若是害怕亲自跟你谈严肃的话题,当初就该在她那边的亲戚里选一个说话你能听进去的人。但她不应该害怕直面你的。她应该把话开诚布公地对你说出来,然后好好面对结果。不管怎么说,看看如今的结果吧。对这样的结果,她满意吗?她开心吗?

我知道她觉得一切都怪我。我听说了——不是从认识你的人口中听到的,而是从那些既不认识你,也不想认识你的人口中听到的。我常常听他们说你母亲怎么责怪我。比如,她会大谈年长者对年轻人的影响。对于这个问题,这是她最喜欢表达的态度之一,而这总能成功迎合公众的偏见和无知。我到底对你产生了什么影响,这个问题我不必问你。你知道我对你根本毫无影响。这是你常拿来自夸的一点,而且是唯一站得住脚的一件。事实上,你身上有什么东西是我能影响的呢?你的头脑?它还没发育好呢。你的想象力?它早就死了。你的心?那玩意儿还没长出来呢。在我人生遇到的所有人中,你,只有你,是我完全无法影响、丝毫左右不了的人。即使在我因为照顾你而染病,发着高烧,无助地卧病在床时,我对你的影响力也不足以教你给我弄一杯牛奶来,不足以让你给我准备些病人通常需要的必需品,不足以劳你坐车到几百码开外的书店花我的钱给我买本书。当我坐下来想认真写点东西,即使我要创作的喜剧文采胜过康格里夫,哲理超越小仲马,其他各种方面也无人能及,我对你的影响力也不足以让你别来打扰我,因为艺术家就是不该被打扰的。不管我在哪间书房里写作,那里都会被你变成寻常的娱乐室,成为你抽烟、喝酒、喋喋不休地扯些荒唐废话的地方。"年长者对年轻人的影响"是个极好的理论,只不过在我的耳朵听来不是那样。我听着觉得丑陋恶心。至于在你的耳朵听来如何,我想你会笑吧——暗自窃笑。你当然有资格窃笑。我还听说了许多她谈论钱的话。她理直气壮地声称,她不断地恳求我别给你钱花。这我承认。她没完没了地给我写信,每一封末尾都附上一句"不管发生什么,都别让阿尔弗雷德知道我给你写过信"。可我支付你的一切开支，从清晨的刮胡膏，到午夜的马车费，这并非因为我乐意那样做，我觉得那是一件既可怕又讨厌的事。我曾一再向你抱怨这个。我曾告诉你——你记得的，对吧？——我多么讨厌你把我当作一个"有用"的人，没有一个艺术家希望自己被别人这样看待或这样对待，因为艺术家就和艺术本身一样，存在的精髓就是"无用"二字。我对你说这些时，你经常大为光火。真话总是让你生气。确实，真话是最难听也最难说出口的东西。但这既没有改变你的观点，也没有改变你的生活方式。每一天，你从早到晚做的每件事都得由我付钱。只有天性善良到荒唐或是蠢到难以用语言形容的人才会答应这种事。而我不幸集两者于一身。每当我提出你的用度该由你母亲提供时，你总以一个漂亮又优雅的回复答我。你说你父亲给她的钱——我相信是一年1500镑左右——对她这样身份的淑女而言是相当不足的，所以，除了现在已经从她那里领的钱，你不能再向她多要了。你说得很对，她的收入确实与她的身份和品位极不相称，但你不该拿这个做借口，花我的钱过穷奢极欲的生活。恰恰相反，你母亲收入不丰厚更该教你生活节俭才对。事实上，你过去是，我想现在也依然是，一个典型的满心泛滥着廉价感情的人。这种人简单说来就是总想不花钱就享受奢侈情感的人。提出不拿你母亲口袋里的钱确实美好，可花我的钱来帮她省钱就很丑陋。你以为人什么都不付出就可以享受美好的情感。根本不可能。就算是最美好、最富自我牺牲精神的情感，也是要付出代价才能获得的。说来奇怪，正是因为要付出代价，那些感情才会那么美好。平庸之辈的智识生活和情感生活都非常可鄙：他们的思想是从一间流动图书馆——一个没有灵魂的时代的时代精神——借来的，每周末再把翻得污渍斑斑的书还回去；同样，他们的感情也是赊购来的，等账单送来时却又总是拒绝付钱。你应该从这种生活观念中走出来。一旦你必须为自己的情感支付代价，你就会真正明白情感的质量，并因这新知而变成更好的人。你还要记住，满心泛滥着廉价感情的人内心深处必然是玩世不恭的犬儒主义者。事实上，感情泛滥不过是给犬儒主义放假，让它可以借这假期享受银行不开门的好处。虽然从智识的角度看犬儒主义是有趣讨喜的，但这种思想早已爬出木盆，走进俱乐部，所以它如今充其量不过为没有灵魂的人提供了一种完美人生哲学罢了[128]。犬儒主义有其社会价值，而且对艺术家而言任何表达方式都是有趣的。但就其本身而言，犬儒主义是种糟糕的东西，因为真正的犬儒主义者永远无法领悟任何东西。

  我想，现在你回头再看你当初以什么态度对你母亲的收入，又以什么态度对我的收入，应该不会觉得太自豪。就算你不把这封信拿给你母亲看，我也希望也许有一天你能向她解释，在花我的钱生活这件事上，你从未征求过我的意见，一刻也没有。你不过是用这种奇怪的方式表达你对我的专一和热忱，而对我个人而言，你的这种方式令我非常痛苦难受。无论小钱还是巨款一概依赖我，这让你在你自己眼里有了孩童的全部天真魅力，你坚持要我为你的每一次享乐付账，自认为这样便找到了永葆青春的秘诀。我坦白，听到你母亲那样说我，我很痛苦。我确信，经过反省，你一定会同意我对她的看法：你们一家人把我毁成这样，她就算对此没有一句悲伤悔恨之言，至少也该保持沉默为是。这封信里还谈了我心理上经历的发展和我希望从何处出发、走上新的人生路,这部分内容你当然没有理由拿给她看。她不会感兴趣的。但信中单纯谈你的人生的部分,如果我是你,我就会拿给她过目。

事实上,如果我是你,我不会愿意靠虚伪的假装来赢得别人的爱。人没有理由把自己的生活公之于全世界,因为世界什么也不明白。但你若渴望一些人的爱,你对他们的方式自然另当别论。我的一位挚友——我同他的友谊有十年了[129]——前些时候来看望我。他对我说,对我的那些指控他一个字也不信,还说希望我知道他认为我是非常无辜的,认为我是你父亲炮制的丑陋阴谋的受害者。我听了他的话泪如泉涌,我告诉他,尽管你父亲对我的明确指控中有许多相当虚假,是以令人作呕的恶意构陷我,但我的生活确实曾经充满倒错的快感和怪异的情欲,所以除非他能接受这个关于我的事实,并且充分了解那意味着什么,否则我就不可能再做他的朋友,甚至不能再与他来往。这话给了他可怕的打击。但我和他是朋友,我没有靠虚伪的假装骗取他的友情。我已经对你说过,说真话是痛苦的。但被迫说谎远比说真话更糟。

我记得在最后一场庭审中,我坐在被告席上听洛克伍德[130]对我的骇人控诉——那些话仿若塔西佗作品的摘抄,仿若但丁作品的节选,仿若萨沃纳洛拉对罗马教皇的指控[131]——我耳中听着那些,心里满是惊惶。可我突然想到:"若现在是我自己在用这些话痛斥我自己,那是何等了不起啊!"那一刻我猛然悟到,怎么说一个人一点也不重要。重要的是由谁来说。我毫不怀疑,一个人生命中的至高时刻是他跪倒在尘埃里,双手捶胸,把自己一生的罪孽和盘托出的时刻。你也一样。如果你能亲口对你母亲讲一点你生活的真相，不管是什么，你一定会比现在快乐得多。我在1893年12月对她讲过很多，但处于我当时的位置上，许多事情我当然只能避而不谈或是只提个大概。我的话似乎并没有让她在她与你的关系中变得更勇敢。恰恰相反，她比从前任何时候更坚持无视真相。如果你亲口对她说，情况会不一样的。我的话也许常常会让你觉得太刺耳。但你不能否认事实。事实就是如我说的那样。这封信你应该认真读，如果你已经认真读完了，你就与自己面对面了。

我现在给你写了这么多话，是为了让你明白，在我入狱之前，在这段致命友谊存续的三年间你对我意味着什么；在我服刑期间（我已几乎服完了，再过两次月圆就要刑满），你对我意味着什么；以及我希望自己出狱后怎样对自己、对他人。这封信我不可能重新构思，不可能重写。你只能照它现在的样子读，许多地方被泪痕模糊了，有些地方留着激动或痛苦的痕迹，还有涂抹修改种种，你只能尽量辨认了。至于我涂改的那些地方，是为了保证我的文字能绝对清楚地表达我的思想，既不犯言过其意的错误，也不犯言不及其意的错误。语言是需要细细调校的，就像小提琴一样。就像歌手的嗓音震得太多或太少、琴弦的颤动太大或太小都会让音符失真，文字上的太过或不足也会让我要传递的信息走样。不管怎么说，以这封信现在的样子，每一字每一句都有明确的意思。其中没有一点花哨虚浮的修辞。凡删改替换之处，不管多么微小、精细，都是因为我想向你真真切切地传达我的印象，把我的心情原原本本地转化为文字。虽然人是先有所想、所感，但最后总得把感想以精准的形式表达出来才行。

我承认这是一封措辞严厉的信。我下笔时对你很不留情。也许你确实可以这样抗议:"既然你已经承认这一点,干吗还要把你每一点最细小的悲伤,每一项最轻微的损失都拿出来与我计较呢?这对我实在太不公平了。"我确实这样做了。我确实把你心性里的每一分每一毫都拿出来细细称量、检定了。你说得没错。但你必须记住,把你放到这架天平上的人不是我,而是你自己。

你必须记住,若把你受的那点不公摆在天平一端,而从我牢狱生涯里哪怕选那么短短一刻摆上另一端,你那头一定会翘到天上去。虚荣让你选择了你现在的那一端。虚荣让你紧紧抓住那一端不放。你我的友谊有一处巨大的心理错误,就是这段友谊在比例上是完全失衡的。你强行攫取了一种对你而言太大的生活,这生活的轨道太大,不仅超过你的脚力,而且超过了你的目力,这生活中的思想、激情和行动举足轻重、广受关注,沉甸甸地——的确是太过于沉重了——缀满了精彩绝伦或无比可怕的后果。你的生活本是小的,那些小小的任性、小小的情绪在你原本那个小小的天地里是美好的。那种生活在牛津是美好的,因为在那里,你面临的最坏的情况不过是学监的一次斥责或院长的一顿教训,最激动人心的不过是莫德林学院赛艇时得了冠军,在方院里点上篝火欢庆这一盛事。离开牛津后,你本该把你的生活继续局限在它小小的天地里。就你本人而言,你是个挺好的人。你是拥有一种非常现代的个性的一个非常完整的标本。你的错全在于你与我交往时的所作所为。你的挥霍无度算不上犯罪。因为青春总是挥霍的。可耻的是你强迫我为你的挥霍买单。你想有个朋友从早到晚陪着你打发时间,这个心愿本身是迷人的，甚至几乎有点田园牧歌的味道。可你缠住的这个朋友不该是一个文学家、艺术家，因为你一直赖在这类人面前不走会麻痹他们的创作才能，彻底摧毁他们本可以写出来的美丽作品。你认真地认为，度过一个夜晚的完美方式，是先在萨瓦伊酒店用香槟大餐，再去音乐杂耍剧场订个包厢看表演，最后到威利斯餐厅吃一顿香槟宵夜，以美味为良宵画上句点。你这想法本身无伤大雅。在伦敦，多的是与你看法相同的可爱年轻人。这甚至算不上什么奇怪的癖好。相反，要想成为怀特俱乐部的会员，还非得有这样的爱好不可。可你无权让我像伙食采办官似的为你操办这些娱乐。这说明你对我的天才根本没有真正的欣赏。再有，你同你父亲的争吵，不管在旁人看来性质如何，显然应该完全是你们两人之间的事。你们应该回自家后院里去吵，这种争吵，我相信，通常都是在那地方进行的。你错在坚持要把这出戏搬上历史高高的舞台，把它演成一出悲喜剧，观众是全世界，我却成了你们这场可鄙竞赛中赢家的奖品。你父亲恨你，你也恨你父亲，这虽是事实，但英国公众对这种事毫无兴趣。这种感情在英国的家庭生活中屡见不鲜，应该被限制在它所代表的地方：家里。出了家庭的圈子，它就很不合适了。非要把它搬到别的地方是一种冒犯。家庭生活不是该拿到街上挥舞的红旗，不是该爬上屋顶吹得声嘶力竭的号角。你把家庭生活搬出了它应属的天地，正如你把自己搬离了你应属的天地。

　　人不会因离开自己应属的天地而改变天性，他们只会改变周遭的环境。他们虽然走进一片新天地，却没有获得与新天地相称的思想和感情。他们没有这种能力。我曾在《意图集》中某处说过，感情力量就和物理能量产生的力一样，在范围和持续时间上都是有限的[132]。一个盛酒的小杯子造出来便只能盛那么多酒，就算勃艮第所有紫色酒桶都装满葡萄酒，满到要溢出来，就算西班牙地面不平的葡萄园里积满摘下的葡萄，直堆到踩榨工人的膝盖那么高，这个小杯子也不可能盛下更多的酒。人们以为造成伟大悲剧的人定会有与那悲剧相称的深沉感情，没有比这更常见的错误了；人们期待他们有那样的感情，没有比这更致命的错误了。披着"火之裳"的殉道者[133]或许仰望着上帝的面孔，但对堆放柴火、拨松木头好把火烧旺的人而言，他看这整个场景不过如屠夫看一头牛被宰杀，不过如森林里的烧炭人看一棵树被伐倒，不过如挥着镰刀割草的人看一朵花被砍落。伟大的激情只属于伟大的灵魂，伟大的事件只有站到那个高度的人才能看见。

在所有戏剧中，我觉得从艺术角度看没有什么比得上莎士比亚对罗森克兰茨和吉尔登斯特恩的描绘，其观察之细致入微，暗示之丰富皆无与伦比。罗森克兰茨和吉尔登斯特恩是哈姆雷特在大学里的朋友。他们曾是他的伙伴，身上带着他们过去愉快共处的日子的回忆。他们在剧中与哈姆雷特重逢时，哈姆雷特正被肩上的重担压得步履蹒跚，因为这重担对他那种脾气的人而言是无法忍受的。死去的人穿着全套铠甲从坟墓里出来，强加给他一个既太过于伟大又太过于渺小的任务。他是一个幻想家，却被要求采取行动。他有诗人的天性，却被要求去处理俗世复杂的因果关系。他不得不去面对生命实用性的现实（对此他一无所知），而不是生命理想化的精髓（对此他知之甚详）。他不知所措，于是傻乎乎地装疯卖傻起来。布鲁图斯用疯狂做斗篷，掩盖他目的的利剑、意志的匕首[134]；可哈姆雷特的疯狂只是他用来隐藏软弱的面具而已。他在扮丑作怪、插科打诨中找到了拖延的机会。他不断玩弄"行动"，就像艺术家玩弄理论一般。他把自己变成间谍，替自己应采取的行动监视自己，他窃听着自己的话语，同时心里清楚那些不过是"空话，空话，空话"而已。他没有努力成为创造自己历史的英雄，而是一心想做自己悲剧的观众。他什么也不信，连自己也不信，然而他的疑虑并不能帮他脱身，因为这疑虑不是来自怀疑主义，而是来自他犹豫不决的、分裂的意志。

对于这一切，罗森克兰茨和吉尔登斯特恩一无所知。他们只晓得鞠躬、堆笑、赔笑，一个人说什么，另一个人就用更令人生厌的调子重复一遍。最后，哈姆雷特借助戏中戏的形式，在两个木偶的相互调笑中"抓住了国王的良心"，把那吓得魂不附体的恶人赶下了宝座。但罗森克兰茨和吉尔登斯特恩不知内情，他们看哈姆雷特的行动只觉得那严重破坏了宫廷礼节。人要"以恰当的感情凝视生命的奇景"，但他们两人的凝视只能看到这种程度了。他们如此接近哈姆雷特的秘密，却对其全然不知。就算明明白白地告诉他们也没有用，他们就是我说的小酒杯，只能盛这么多酒，再装不下更多了。在整部戏临近尾声时，作者暗示这两人中了原本为另一人而设的狡猾圈套，遭遇了，或可能即将遭遇到暴力而突然死亡。但这样悲剧性的结局实在不适合他们，尽管哈姆雷特的幽默感让这多少带上了一点喜剧性的意外和喜剧性的恶有恶报。罗森克兰茨和吉尔登斯特恩这种人永不会死。会死的是霍拉旭这

样的人，为了"把哈姆雷特和他的事业如实向那些尚未尽兴的人报告[135]"，只得

请他暂时牺牲一下天堂上的幸福，
留在这个冷酷的人间，痛苦地继续呼吸。[136]

虽然不是死在观众面前，但霍拉旭死了，没留下一个兄弟。而罗森克兰茨和吉尔登斯特恩却同安吉罗[137]和答尔丢夫一样长生不死，且该同他们同列一席。他们是现代生活对古典友谊理想的贡献。谁若是想写一篇新版《论友谊》，就得在其中给他们留好位置，还得以《图斯库路姆论辩集》[138]的文风把他们歌颂一番。他们是在所有时代中都稳定存在的典型。谴责他们只会显得不懂欣赏。他们不过是踏出了自己应属的天地：如此而已。灵魂的崇高是不会传染的。崇高的思想和崇高的感情因其存在本身而自动隔绝于世。连奥菲莉亚都不能理解的东西，"吉尔登斯特恩和好人罗森克兰茨"或是"罗森克兰茨和好人吉尔登斯特恩"更不可能悟出来。当然我不是要把你比作他们两人。你同他们之间区别很大。他们是机会使然，你是自己做了这样的选择。你不经我的邀请，故意闯入我的天地，在那里霸占了一个你既无权利也无资格占据的位置，然后凭借你出奇的坚持、凭借天天在我眼前晃，成功地吸走了我的整个生命，除了把它摔得稀碎，再不知道还能拿它派什么更好的用处。也许你听我这么说会觉得奇怪，但你这样做是很自然的。如果给孩子一件玩具，那玩具对他的小脑瓜而言太过美妙，对他懵懂半开的眼睛而言太过漂亮，那么任性的孩子会把玩

具砸了，淡漠的孩子会把玩具随手丢在一边，跑去找自己的同伴玩耍。你就是这样。你把我的生命攥在手里之后，却不知道该拿它怎么办。你不可能知道。这件东西太美妙了，不是你该掌握的东西。你本该把它丢下，跑去找自己的同伴玩耍的。可不幸的是，你是任性的孩子，所以你把它砸碎了。把所有能说的话都说透之后，也许你我之间发生的一切的终极秘密就是这个而已。因为事物的秘密总是比表象要小。也许一个原子的移位就能撼动整个世界。我承认，我同你一样难辞其咎，所以在此我还有一点要补充：认识你对我而言是件危险的事，但对我最为致命的是我们恰好在那个时刻遇见。因为我们相识时你的人生尚在播种的阶段，我的人生却已经到了收获的阶段。

还有几件事我必须在这封信里同你谈。第一件是我破产的事。前几天我听说，即使现在你家人愿意偿还你父亲，也已经太迟了，法律已经不允许那样了，所以在未来相当长的一段时间里，我只能继续处在我目前所处的这个痛苦的位置上。我承认，听说这个消息时我极度失望。令我痛苦的是法律规定，我的所有账目都要上交给破产管理人，没有他的批准，我甚至连一本书都不能出版。不把收据交给你父亲和其他几位债主，我就没法跟剧院经理签一份合同，把一出戏搬上舞台。我想现在就算是你也会承认，通过让你父亲把我弄破产来使他"丢分"并不是什么高明的计谋，也没有像你想象的那样大获全胜。至少对我来说你的这个计谋并不高明，你该优先考虑我一贫如洗后会感到多么痛苦和屈辱，而不是优先满足你自己的幽默感，一种多么刻薄、多么出人意料的幽默感。事实上，任由我破产就像怂恿我打最初那场官司一样,你实在是中了你父亲的圈套,做了正中他下怀的事。要是他单枪匹马,无人协助,本来掀不起什么风浪的。他最有力的盟友一向都是你本人——虽然充当这一可怕角色并不是你的本意。

我从莫尔·阿迪那里听说,去年夏天你确实不止一次表示,你希望偿还"一点我在你身上花掉的东西"。然而,如同我在给他的回信里说的,不幸的是我花在你身上的是我的艺术,我的生命,我的名誉,和我的历史地位,所以就算你家人坐拥天下的一切珍宝,能支配一切世人视作珍宝的东西,才华,美貌,财富,地位,等等,就算他们把那些东西都放在我脚下,也赔不了我失去的东西中的哪怕十分之一,也还不了我流过的眼泪中哪怕最小的一滴。然而,当然人所做的一切最终都是要偿还的。就连破产的人也一样。你似乎以为破产是逃避债务的方便手段,甚至觉得破产赖账是让自己得分,"让债权人失分"。事实恰恰相反。得分的是债权人,破产者才是失分的那个,如果我们非得用你最喜欢的那套说法的话。破产时,法律会没收破产者的一切财产,以此强迫他还清所有债务,如果还不上,他最后就会落得像叫花子一样身无分文,后者只能站在门洞里、趴在路边上伸着手,讨要那至少在他应该还不好意思讨要的施舍。法律不仅夺走了我现在拥有的一切——我的藏书、家具、绘画,我已出版作品的版权,剧本的版权,上自《快乐王子》和《温德米尔夫人的扇子》,下至我家楼梯间的地毯和门口的擦鞋垫,统统拿走,一件不留,还夺走了我未来会有的一切。比如,我结婚财产协定里规定属于我的那份就被卖掉了。好在我还能通过朋友买回来,否则万一我妻子去世,我的两个孩子在我有生之年就得一直像我一样一文不名。我们家在爱尔兰的庄园，里面有我父亲留给我的份额，我想下一步也会被卖掉。这让我觉得非常痛苦，但我必须服从。

挡路的就是我欠你父亲的那700便士——还是700英镑？这笔钱我必须还。就算我被剥夺了我拥有的一切和未来会有的一切，只得以一个绝望的破产者的身份出狱，我还是得还清债务。在萨瓦伊酒店吃的每一顿大餐——那些清炖海龟汤，那些包在皱皱的西西里葡萄叶里的肥美蒿雀，那些颜色像琥珀、事实上味道几乎也有琥珀香的醇厚香槟（我想是1880年的"达贡聂"，你最喜欢的酒，没错吧？）——所有这一切还是要由我来还的。在威利斯餐馆用的每一顿宵夜——每次都为我们预留的巴黎之花特酿酒，直接从斯特拉斯堡采买的滋味绝好的肉酱，妙不可言的上等香槟（总是盛在钟形大杯里端上来，且只在杯底盛那么一点点，好让真正懂得品鉴生活中精致之物的行家更好地品尝它的芬芳）——这些账也不能像不诚实的客户的坏账一样欠着不还。就连那对精美的袖扣——四颗心形银雾月亮石，周围交替镶一圈钻石和红宝石做框，由我亲自设计，然后拿去亨利·刘易斯珠宝行定做，是我为庆祝我第二出喜剧的成功特别送你的一件小礼物（虽然我相信你几个月后就把它贱卖了）——就连这些东西的钱我也都得还清。不管你怎么处置我的礼物，我不能叫珠宝商为我送你的礼物掏腰包。所以，你能看出，就算他们批准我出狱，我还是有许多债要还。

其实不仅破产的人是这样，生活中的每一个人都是这样。人做的每件事最终都得有人为之付出代价。就算是你——我知道你渴望摆脱一切责任的绝对自由，我知道你坚持让别人为你提供一切，却又总想拒绝担上以爱、尊敬或感激回报他们的义务——就算是你，总有一天也会不得不严肃反思自己的所作所为，然后不得不试着去做一些赎罪之举，不管这是多么徒劳。你会发现，你无法真正弥补自己犯的罪过，而这个事实是对你的一部分惩罚。你不可能洗净你手上的一切责任，不可能只是耸耸肩、笑一笑就一走了之，再去找下一个朋友，再去赴新的宴席。你给我带来的一切伤害，你不可能只当作一段伤感的回忆，茶余饭后偶尔拿出来就着香烟美酒品一品，充当陪衬现代享乐生活的一幅漂亮的背景，就像廉价旅馆里挂的旧壁毯一样。你现在也许暂时觉得这如一种新酱或一瓶新酒般有着新鲜的魅力，但宴席上的残羹冷炙总会发臭，瓶底的残酒总是苦口的。不管是今天，还是明天，还是未来的某一日，你总得明白的。如果你至死都不明白，那你活了这一辈子过的是一种多么劣质、贫乏、没有想象力的生命啊。我在给莫尔的信里提了一个角度，你最好尽快从那个角度考虑这个问题。他会告诉你那个角度是什么。你得先培养你的想象力才能理解。记住，想象力能让我们理解人与物，不仅理解他们理想中的样子，也理解他们真实的样子。如果你自己想不明白，就跟别人谈谈这个话题。我已经不得不面对面地直视我的过去。你也要面对面地直视你的过去。坐下来安安静静地想一想吧。肤浅是最大的恶。只要能领悟，无论悟到什么都是对的。找你哥哥谈谈这个话题吧。其实跟珀西谈是最合适的。把这封信拿给他看，让他了解你我友谊的一切前因后果。把所有事情都清清楚楚地摆在他面前，他定能做出最好的判断。要是我们当时把真相告诉他，我能少受多少痛苦和耻辱啊！你应该记得，我曾经提议如实告诉他的，就在你从阿尔及尔回伦敦的那天晚上。你斩钉截铁地拒绝了。于是他晚饭后来看我们的时候，我们两人不得不合演一出喜剧，说你父亲是个疯子，满脑袋都是荒唐的、莫名其妙的妄想。这出戏还演得下去时是出一流的喜剧，尽管珀西真心实意地把我们说的一切都当真了，依然不影响这出喜剧的效果。不幸的是后来这戏再也演不下去了，只得以一种非常令人作呕的方式收场。我现在谈的这个话题就是这出戏的后果之一，若你觉得这个话题令你困扰，请别忘了对我而言它是最深的耻辱，我却不得不面对和度过这一关。我别无选择。你也一样。

　　我必须同你谈的第二件事，是关于我出狱后你我见面的条件、事项安排和地点。去年夏天你给罗比写过一封信，我从这封信的摘要中得知，你已经把我写给你的信和送给你的礼物（至少是其中剩下的那些）封成两包，急于亲手还给我。当然，你是很有必要把这些东西还我的。你根本不理解我为什么给你写那些美丽的信，就像你不懂我为什么送你那些美丽的礼物一样。你看不出我给你写信不是为了让你拿去发表，送你礼物不是教你拿去典当。再说，那些信和礼物属于你我生命里一段早已结束的旧事，属于一段你不知为何不能欣赏其真正价值的友谊。曾经，我的整个生命都在你手里，如今你回头去看那些日子一定会觉得惊奇吧。我回头看那些日子也觉得惊奇，但在惊奇之外，还有其他一些十分不同的感情。

　　如果一切顺利，我 5 月末就要出狱了。出狱以后，我想立刻同罗比和莫尔·阿迪一起出国，找个海滨小村住下。欧里庇得斯在他某出写伊菲革涅亚的戏剧中说过，大海能洗去世上所有污垢和创伤[139]。

我希望能同朋友们一起待至少一个月，希望能在他们健康而充满爱意的陪伴下重获宁静和平衡，心里少些痛苦，情绪更愉快些。我现在心里有种奇怪的渴望，想拥抱那些伟大、简单而原始的东西，比如大海，对我来说大海和大地都像母亲一样。在我看来，我们都太爱远远地观赏自然，同她亲近相处的时间却太少。我发现古希腊人对自然的态度大有智慧。他们从不用絮烦的词汇谈论日落，也不会去争论落在草地上的阴影究竟是不是紫红色的。但他们看出，海是供泳者游的，沙滩是供赤脚者奔跑的。他们爱树是因为树投下阴凉，爱森林是因为森林在正午时的寂静。修剪葡萄藤的工人用常春藤编叶冠戴在头上，好在弯腰侍弄嫩芽时遮挡烈日。而艺术家和运动员，这是古希腊人留给我们的两大遗产，却把对人类别无用处的苦月桂和野欧芹编成花环戴在头上。

我们自谓活在一个重视实用的时代，却根本不知道任何一件东西的用处。我们忘了水能清洁，火能净化，大地是我们所有人的母亲。结果我们的艺术是月亮的艺术，是玩弄影子的艺术，而古希腊的艺术是太阳的艺术，是直接处理真实事物的艺术。我深信古典元素之力中有净化的力量，我想回归它们，活在它们之中。当然，我是一个如此现代的人，对我这样的"时代之子"而言，不管什么时候，光是看看这个世界就已经很美好了。我出狱的那天，花园里会盛开着金莲花和丁香花，到时候我会看到风儿摇着前者的金铃，搅起一片摇曳之美，复又晃着后者淡紫色的羽冠，使我呼吸的空气满溢馥郁的芬芳。想到这些，我便快乐到发起抖来。当植物学家林奈第一次看到英国的某片高地上开满荆豆花，看到那些平凡朴素的棕黄色芬芳花朵把长长的石楠染成黄色，他不禁双膝跪地，喜极而泣[140]。我懂他的感受，而对我这样一个爱花的人来说，我知道定有某种玫瑰花正在等着我，等我出去后把眼泪洒在它的花瓣上。花儿一向是我的嗜好，从我孩提时期便是如此。藏在花朵中或贝壳曲线里的每一点色彩，无不激起我心灵的应和，这是万物的灵魂间微妙的共鸣。我同戈蒂耶一样，生来就是那种"可见世界为他而存在"的人[141]。

但我现在认识到，虽然这些美丽令人满足，但它们背后一定还藏着某种精神，所有色彩斑斓的千姿百态不过是这种精神的外在表现形式。我想与之达到和谐的正是这种精神。世上的人与物伶牙俐齿、絮烦不休，我对那些已经厌倦。艺术的神秘奥义，生命的神秘奥义，自然的神秘奥义——这些才是我想寻找的。我想，我也许能在音乐的伟大交响中、在悲伤的启蒙中、在大海的深处找到它们。我一定要找到它们，这对我是绝对必要的。

所有审判都是对人的整个生命的审判，就像所有刑罚皆是死刑。我已经受了三次审判。第一次我走下证人席即遭逮捕，第二次我被送回拘留所，第三次我被转送到监狱里服刑两年。社会，我们构建出的这个社会，已经不会再有我的位置，它找不出一个容身之地给我；但自然会把甘霖降给每一个人，不管他是义人还是不义之人，她会拿出岩石上的裂缝容我藏身，她会拿出无人知晓的幽谷，让我在寂静中不受打扰地哭泣。她会在夜幕上挂满繁星，好让我在黑暗里行走时不致跌倒。她会送来风儿抹去我的足迹，保证谁也不能跟踪加害我。她会用大水将我洗净，用苦涩的草药把我治愈。

在那个海滨小村住满一个月后，当6月的玫瑰任性盛放时，如果我觉得可以见你，我会通过罗比安排，找个安静的异国小镇同你见面，像布鲁日那样的小镇，那里灰色的房屋、青绿的运河、凉爽清净的街道曾让我很是着迷，但那是多年前的事了。到时候你必须换个名字。那个让你如此虚荣得意的小小头衔——虽然它确实让你的名字听上去像一种花的名字——你必须放弃，如果你想见我的话；就像我也得放弃我的名字，尽管它曾被盛名之神叫得如音乐般动听。我们的时代是多么狭隘、吝啬、难当重任啊！它能为成功的人筑起大理石的宫殿，对悲伤和受辱的人却连一间供他们栖身的茅屋也不肯给。它能为我做的就是叫我改名换姓，就算是中世纪也至少会给我一顶僧侣的兜帽或一块麻风病人的面巾，让我好歹能遮住面孔安宁地活下去。

发生这么多事以后，我希望你我的会面能是它该有的样子。过去那些日子里，你我之间总是隔着一道鸿沟，那是艺术成就和文化修养的鸿沟。现在你我之间有了一道更宽的鸿沟，那是悲伤的鸿沟。但只要心存谦卑，没有什么是不可能的；在爱面前，世上一切都是容易的。

至于你对这封信的回信，长短都行，由你选择。信封上请写"皇家监狱，雷丁，典狱长收"。那个信封里再放一个信封，不要封口，里面放上你给我的信；要是你用的信纸很薄，就不要两面都写字，因为那样别人读起来吃力。我给你写这封信时是完全坦诚，没有一丝保留的。你给我回信时也可以这样。我必须从你那里知道的是，自前年8月以来，尤其是从去年5月到现在，已经整整十一个月了，你为什么一次也没设法给我写过信，你明知道，也对别人承认过你知道，你这样令我多么痛苦煎熬，以及我有多么清楚这一点。我一个月又一个月地等你来信。就算我没有这样等着你，就算我把朝向你的门统统关上，你也该记住：谁也不可能永远把"爱"拒之门外。《福音书》里那位不公正的法官之所以最终下了公正的判决，是因为"公正"每天都去敲他的门；而那个心里没有真正的友谊，夜里不肯起来帮助朋友的人之所以最后对朋友屈服，也是因为朋友"情词迫切地直求"[142]。世上的任何一所监狱，爱都能破门而入。你若不明白这个，就是对爱一无所知。谈完你为什么不给我写信以后，你发在《法兰西信使报》上的那篇关于我的文章里到底写了什么，请你一五一十地全部告诉我。那篇文章的内容我已经知道一些了。你最好原原本本地引用里面的内容，因为那都是白纸黑字地印出来的文字。再有，让我知道你把诗献给我时献词的确切文字到底是怎么写的。是散文体的话，就把散文引给我看；是诗体的话，就把诗引给我看。我毫不怀疑，你的字句里会有美丽的东西。你要在回信里完全坦诚地写下你的情况：你的生活、你交的朋友、你以什么填满生活、你读的书。跟我说说你的诗集，发表以后反响怎么样。如果你有什么要为自己辩解，不用害怕，尽管说出来。但不要给我写言不由衷的话：我只有这一个要求。你的信里如有任何假话、虚言，我一听你的口气就会马上识破的。我一辈子膜拜文学可不是无的放矢，也不是毫无意义的瞎忙活，我已把自己塑造成了一个对文字斤斤计较的人：

> 米达斯国王对黄金的贪图
> 也比不过我对声响与音节的求索[143]

别忘了我需要重新认识你一次。也许我们都需要重新认识彼此一次。

对你本人，我还有最后一件事要说。不要害怕过去。如果人们对你说过去是不可挽回的，别信他们。过去、现在和未来在上帝眼里都不过是一个瞬间而已，而我们应该努力活在上帝的眼里。时间与空间，连续与延伸，都不过是思想的偶然条件。想象力可以超越这一切，畅游理想存在的自由天地。事物也一样，从本质上看，我们选择把它们想作什么，它们便是什么。一件东西是什么，取决于人看待它的方式。布莱克说："别人看到的不过是黎明从山头升起，我看到的却是上帝的子民在呐喊欢呼。"[144]当我任由自己被你父亲激怒而对他发起诉讼时，世人和我误以为我还有未来，但那件被我们当作未来的东西，我其实已经无可挽回地失去了。我敢说，在那之前很久我早已失去了。现在摆在我面前的是我的过去。我必须让自己用另一种眼光看它，让世人用另一种眼光看它，让上帝用另一种眼光看它。我不可能通过忽视它、淡化它、赞美它或者否认它来达到这个目标。要达到这个目标，我唯有彻底接受它，把它视作我生命与人格演进中的一个不可避免的部分，我唯有对我受过的一切苦难躬身顺受。现在的我离灵魂真正的平静泰然还有多远，你只要看看这封信里那些阴晴不定的情绪，那些尖酸怨苦的语气，那些热望和无法实现那些热望的失败，就能看得很清楚。但不要忘了我是在一所多么可怕的学校里修习这项功课。我虽然不完整、不完美，但你从我这里仍然可以学到很多东西。你当初来我这里，是为了学习生命的欢愉和艺术的欢愉。可也许上帝选中我来教你一些更神奇、更教人惊叹的东西，那就是悲伤的意义，以及它的美。

你满怀爱意的朋友<br>
奥斯卡·王尔德

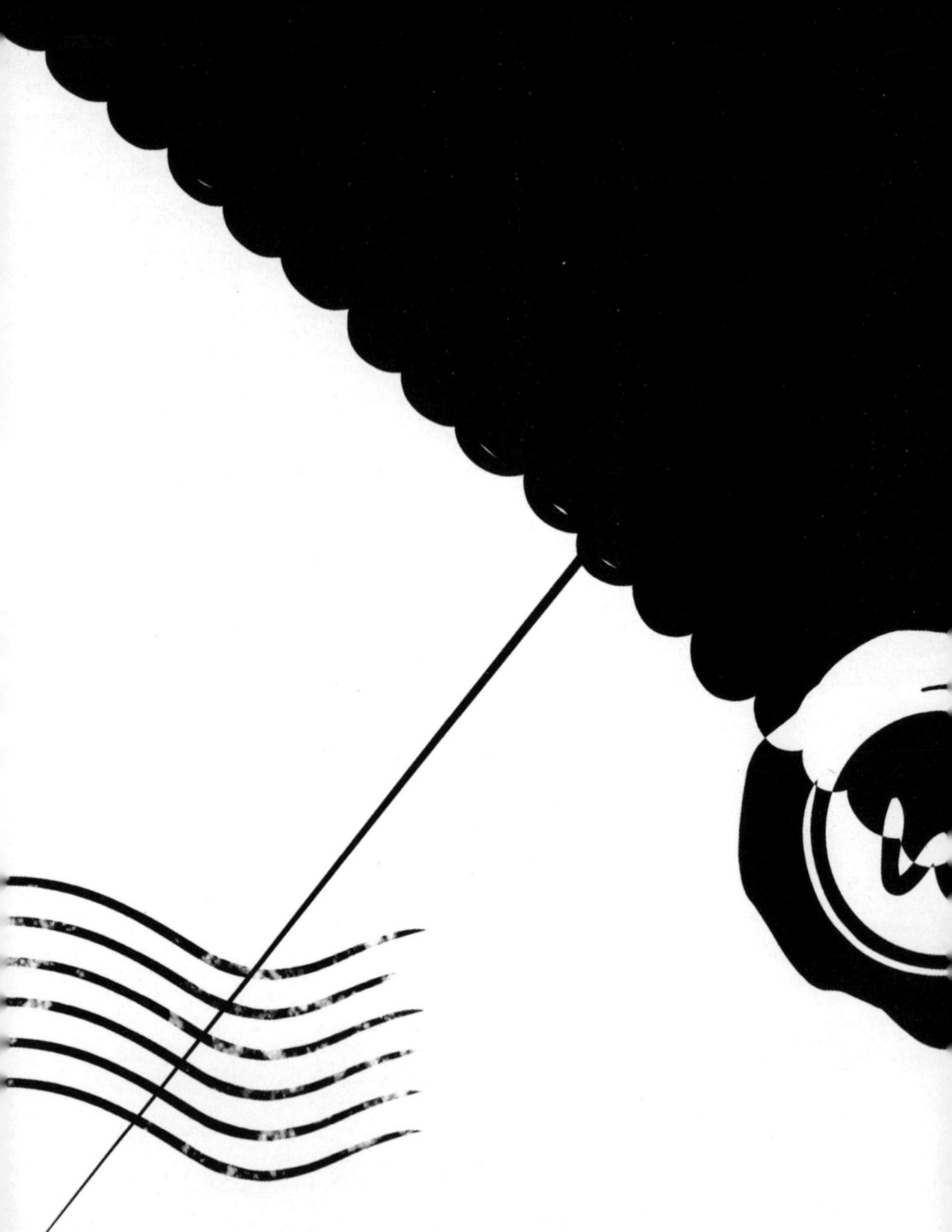

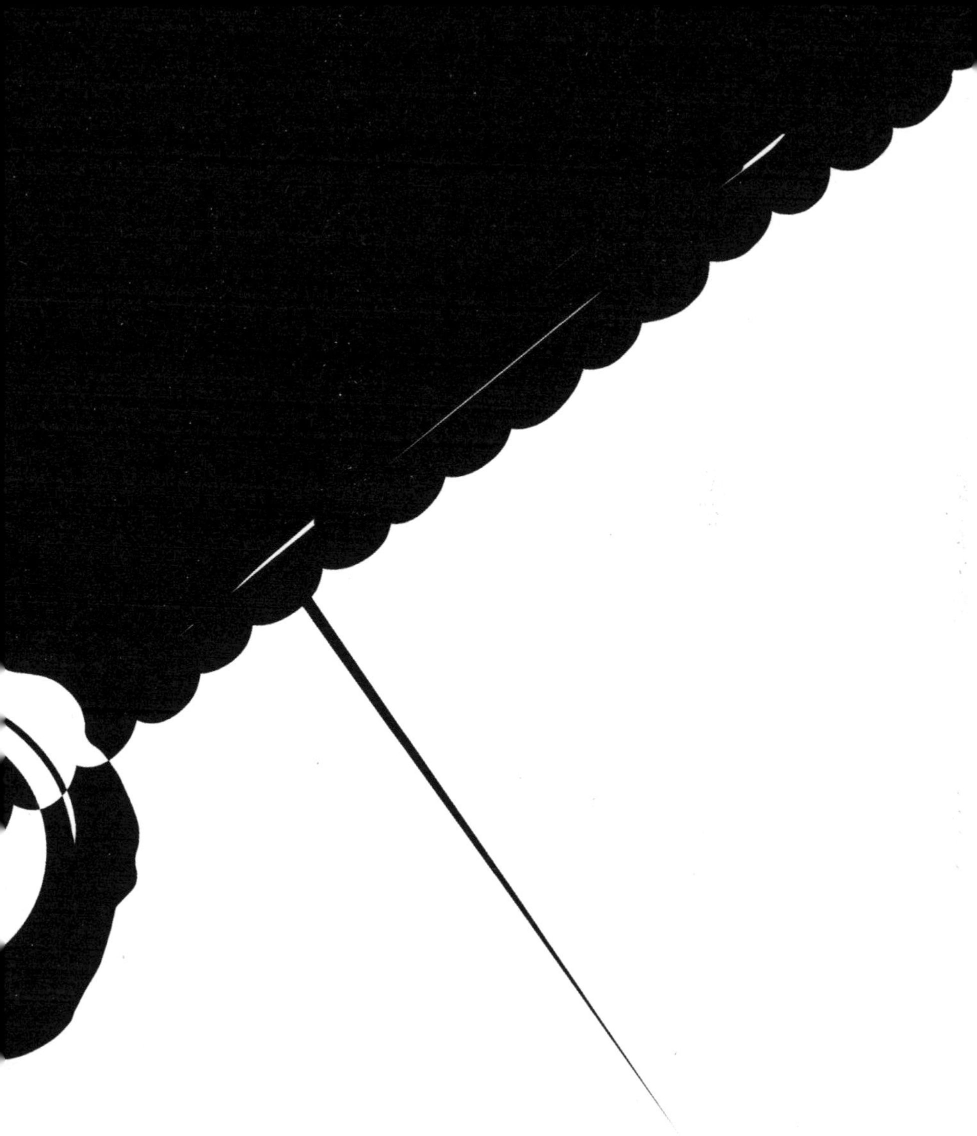

# 尾注

1. 1897年4月2日，典狱长写信给监狱委员会，询问是否可以寄出这封信。4月6日监狱委员会回信，称不可能允许王尔德寄出这封信；此信只能保存在典狱长处，等犯人出狱时交还犯人。5月19日王尔德出狱时典狱长照办了。5月20日早晨，王尔德到达迪耶普时把这封信交给了罗伯特·罗斯。罗斯以打字形式制作了两份抄本，并把一份寄给了道格拉斯。

2. 约翰·赫尔（John Hare, 1844—1921）：1889年至1895年间是加里克剧院的演员和经理。

3. 约翰·格雷（John Gray, 1866—1934）：美学运动诗人，常被认为是王尔德《道林·格雷的画像》的灵感来源。

4. 《佛罗伦萨悲剧》（*Florentine Tragedy*）和《圣妓》（*La Sainte Courtisane*），这两部戏都没有写完。

5. 出自华兹华斯的《1802年写于伦敦的十四行诗》（*Written in London, September, 1802*）。

6. 此处应指的是《谎言的衰落》（*The Decay of Lying*），1891年与其他散文一起发表于《意图集》（*Intentions*）中。在这篇散文中，维维安和西里尔这两个角色辩论了唯美主义的价值。

7. 出自欧里庇得斯（Euripides）的《希波吕托斯》（*Hippolytus*），字面意思是"令人愉快的道德败坏"。

8. 1893年3月，王尔德在一封给道格拉斯的信中写道："波西——你千万不要再同我闹了——我要被你折磨死了——你发的那些脾气破坏了生活的美好——我不能看着如此优美高雅而又有希腊风范的你被你自己的激情扭曲。"

9. 出自《无足轻重的女人》（*A Woman of No Importance*）第三幕。

10. 出自沃尔特·佩特（Walter Pater）的《文艺复兴史研究》（*Studies in the History of the Renaissance*）的结论部分。

11. "婴儿撒母耳"是指撒母耳被上帝称作"孩子"的典故，见《撒母耳记上》第3章，第1节。吉尔斯·德·莱斯（Gilles de Retz, 1404—1440）：曾是圣女贞德的战友，后因行为放荡、魔鬼崇拜和谋杀儿童而被处死。萨德侯爵（Marquis de Sade, 1740—1814），著有《瑞斯丁娜》

(*Justine*, 1791）等内容残忍的小说，因多项罪名被判死刑，但他逃过了被处死的命运，最后死在一家精神病院里。

12　出自埃斯库罗斯（Aeschylus）的《阿伽门农》（*Agamemnon*），引文见717—728行。

13　道格拉斯曾将《莎乐美》翻译成英文，但王尔德坚持要改动译稿，他在献词里写道："献给我的朋友阿尔弗雷德·布鲁斯·道格拉斯勋爵，我剧本的译者。"

14　1894年3月道格拉斯离开埃及时曾被任命为英国驻君士坦丁堡大使的荣誉随员，但他并没有去赴任。

15　第七代昆斯贝理侯爵（1818—1858）死于枪击事故。他的小儿子詹姆斯·爱德华·舒尔托·道格拉斯勋爵（1855—1891）在尤斯顿酒店里割喉自杀。

16　此处指《不可儿戏》（*The Importance of Being Earnest*）。

17　1894年王尔德的生日（10月16日）实际上是在星期二，因此罗斯在打字抄本中对这句话作了相应的修改。

18　德拉姆兰里格子爵1894年10月18日因自己的枪支爆炸而死。

19　出自维吉尔（Virgil）的《埃涅伊德》（*Aeneid*）第1章，第462行。

20　典出莎士比亚的《李尔王》第五幕，第三场。

21　此信大约写于1893年1月。信的开头写道："我的男孩，你的十四行诗非常可爱。上帝造出你那玫瑰叶般的双唇竟不光是为了疯狂的热吻，还是为了让它们吐出诗歌的乐音，这实在令人惊奇。"

22　在希腊神话中，海辛斯、雅辛托斯和纳西瑟斯皆是以美貌著称的年轻男子。纳西瑟斯和琼奎伊尔都常被用于代称水仙属开花植物，因为据说有个叫这个名字的青年总爱在水边专注地凝视自己的倒影，最后落水溺亡，他落水的地方开出了水仙花。

23　《变色龙》（*Chameleon*）是一本牛津本科生办的杂志，在该杂志的第一期也是唯一一期（1894年12月出版）上发表了王尔德的35条警句。王尔德受审时，律师拿此事以及发表在这期杂志上的另外两篇作品，一是道格拉斯写的一首诗，题为《两种爱》（*Two Loves*）；二是一篇匿名发布的故事，题为《牧师和信徒》（*The Priest and the Acolyte*）大做文章。律师称《牧师和信徒》亦为王尔德所作，但是实际上此文的作者是该杂志的主编约翰·弗朗西斯·布洛克斯姆。

24　指位于老贝利街上的伦敦中央刑事法庭。

25　出自道格拉斯的诗《两种爱》:"'我才是真爱,我让男孩和女孩的心里充满互相爱慕的火焰。'然后另一个人叹息道:'随你所愿吧,我是那不敢说出名字的爱。'"

26　指1895年3月1日。

27　这笔钱(实际数目是677英镑)是王尔德起诉昆斯贝理侯爵败诉后,后者要求前者赔偿的诉讼费用。王尔德欠的债共计3591英镑,但是对他发起诉讼、最终导致他破产的债权人是昆斯贝理侯爵。

28　1893年,昆斯贝理侯爵的长子德拉姆兰里格是罗斯伯里勋爵(时任格莱斯顿最后一届政府的外交大臣)的私人秘书。昆斯贝理侯爵因与儿子有矛盾而跟踪罗斯伯里勋爵至洪堡,威胁要用马鞭抽他,理由是昆斯贝理怀疑自己的儿子与罗斯伯里有同性恋关系,最后经威尔士亲王劝说才作罢。

29　这封电报(日期是1894年4月2日)中写道:"你真是一个可笑的小男人。"

30　1895年4月,王尔德等待审判时,昆斯贝理侯爵在《星报》(the Star)上回复过一封支持王尔德的信,接着道格拉斯又回复了他父亲对那封信的回复。

31　1895年6月,道格拉斯还给亨利·拉步谢尔的《真理报》(the Truth)和《评论之评论》(Review of Reviews)的编辑T.W.斯蒂德写过信。

32　王尔德的财产在泰特街被拍卖时,售出了一幅法国画家阿道夫·约瑟夫·托马斯·蒙蒂塞利(Adolphe Joseph Thomas Monticelli, 1824—1886)的画,买主是画家威廉·罗滕斯坦(William Rothenstein, 1872—1945),买入价是8英镑。罗滕斯坦后将此画卖出,把筹得的款项捐给了王尔德。西门·所罗门斯(Simeon Solomons, 1840—1905)是英国的一位画家和插画家。

33　弗里德里克·阿特金斯,先后当过台球记分员、负责登记赌注的办事员等。王尔德第一次受审时他是控方证人,但他公然做伪证,以至于法官在总结陈词中说他是"最信口开河、不可靠、毫无道德和满嘴谎话的证人"。因此,虽然王尔德承认曾带阿特金斯去过一趟巴黎,但在这项指控上他被判无罪。

| | |
|---|---|
| 34 | 出自《列王纪》,第22章,第34节。 |
| 35 | 典出莎士比亚的《奥赛罗》,第五幕,第二场,143—144,"即使上帝为我用一颗完整的宝石另外造一个世界"。 |
| 36 | 1895年8月,道格拉斯用法语为《法兰西信使报》(Mercure de France)写了一篇激情洋溢的文章,为王尔德辩护,但因王尔德坚决反对,此文后未发表。 |
| 37 | 出自王尔德的十四行诗《济慈情书遭拍卖有感》(On the Sale by Auction of Keats' Love Letters,1886)前八句的结尾句。 |
| 38 | 切萨雷·隆布罗索(Cesare Lambroso,1836—1909),意大利犯罪学家。 |
| 39 | 1895年6月3日,博埃在《巴黎回声报》(Echo de Paris)上发表了一篇文章,称对王尔德的判决非常野蛮。 |
| 40 | "中世纪的麻风病人"指前文提到的吉尔斯·德·莱斯,"《瑞斯丁娜》的作者"指前文提到的萨德侯爵。《桑福德与默顿的故事》(The History of Sandford and Merton)是一本当时非常流行的劝人向善的儿童读物,作者是托马斯·戴(Thomas Day,1748—1789),最初出版于1783年至1789年间。 |
| 41 | 典出丁尼生的《致维吉尔》(To Virgil,1882)。 |
| 42 | 这里的"金叶"指书籍装帧中用到的金叶。在被用于烫压书籍之前,金叶是放在切割垫上的,空气中哪怕有最微小、几乎难以察觉的扰动,金叶也会飞走。 |
| 43 | 出自但丁的《地狱篇》,第33章,135—147。 |
| 44 | 可能是一个放贷人或者私家侦探。 |
| 45 | 阿尔弗雷德·奥斯丁(Alfred Austin,1835—1913),1896年接替丁尼生成为桂冠诗人。 |
| 46 | 乔治·斯莱思·斯特里特(George Slythe Street,1867—1936),记者,著有《一个男孩的自传》(1894)。 |
| 47 | 1895年12月,考文垂·帕特莫尔(Coventry Patmore,1823—1896)写信给《星期六评论》(Saturday Review),举荐颇受欢迎的专栏作家和诗人爱丽丝·梅内尔(Alice Meynell,1847—1922)接任当时空缺的桂冠诗人之位。 |
| 48 | 出自《道林·格雷的画像》,第15章。 |

49 1897年2月12日,法庭审理了康斯坦丝·王尔德的诉讼,把两个孩子的监护权判给了她。由她本人和阿德里安·霍普(Adrian Hope, 1858—1904)任监护人。霍普从1888年起担任病童医院的干事,在康斯坦丝去世后,他继续担任王尔德的两个孩子的监护人,但据维维安·霍兰德说,他们几乎没有见过他。

50 典出莎士比亚的《哈姆雷特》,第一幕,第四场,53,"再出现在月光之下"。

51 这句是致敬威廉·欧内斯特·亨利(W. E. Henley)的诗《不可征服》(*Invictus*)。

52 出自华兹华斯的《边疆》(*The Borderers*),第三幕,"且有永恒之质"应作"且与永恒同质"。

53 语出但丁早期作品《新生》(*Vita Nuova*, 1295)。这部作品关于诗歌艺术,其中也提到情感——他对比阿特丽斯的单相思,这种感情孕育了他日后的诗歌作品。

54 出自《无足轻重的女人》,第四幕。

55 出自《无足轻重的女人》,第四幕。

56 见沃尔特·佩特的《米开朗基罗的诗》(*The Poetry of Michelangelo*, 1871),收录于他的著作《文艺复兴史研究》(1873)。

57 七宗罪之一。

58 出自《炼狱篇》,第23章,第81行。

59 这是卡莱尔对歌德《威廉·麦斯特的学徒岁月》(*Wilhelm Meister's Apprenticeship*),第2卷,第13章中的一首诗的翻译。王尔德凭记忆引述,所以与原文有些差异:"夜半"应作"黑暗","等待"应作"望着","天上的"应作"阴郁的"。

60 路易斯王后(1776—1810),腓特烈·威廉三世的妻子。耶拿战役(1806年)后她与丈夫一起逃亡,据说她在逃亡途中抄写过这几句诗。1807年普鲁士彻底战败后,路易斯王后去蒂尔西特恳求拿破仑给普鲁士更慷慨的和谈条件,未果。拿破仑一直试图抹黑她的人格,但并不成功。

61 出自斯温伯恩(Swinburne)的《离别前》(*Before Parting*),1866年发表于《诗歌与歌谣》(*Poems and Ballads*),"只吃"应作"只靠"。

62 指阿德拉·舒斯特(Adela Schuster)。

| | |
|---|---|
| 63 | 出自华兹华斯的《远游》(*The Excursion*, 1814), 第 4 部, 第 139 行。 |
| 64 | 出自《使徒行传》, 第 3 章, 第 2 节。 |
| 65 | 古代基督徒在头脸上涂灰表示忏悔。 |
| 66 | 指王尔德 1891 年发表的文章《社会主义下人的灵魂》(*The Soul of Man under Socialism*), 该文表达了一种无政府主义的世界观。 |
| 67 | 出自王尔德的散文诗《艺术家》(*The Artist*), 最早刊于 1894 年 7 月的《双周评论》(*Fortnightly Review*) 上, 但引用有误。《艺术家》中的情节与王尔德此处引述的正好相反, 是把"永恒悲伤"熔了去铸"须臾快乐", 这种颠倒顺序的引述也许更符合王尔德的心情, 也更能支持他的论点。不能确定王尔德是记错了, 还是故意颠倒顺序。 |
| 68 | 沃尔特·佩特的历史和哲学小说 (1885), 以古罗马为背景。 |
| 69 | 参见沃尔特·佩特在《欣赏》(*Appreciations*, 1889) 中论述华兹华斯的一篇文章, 其中这样评论道: "以恰当的感情凝视这些奇景是所有文化的目标。" |
| 70 | 参见《文学与教义》(*Literature and Dogma*, 1873), 第 12 章。 |
| 71 | 罗德里戈·博尔吉亚 (Rodrigo Borgia, 1431—1503) 在 1492 年靠贿选赢得教皇选举, 成为教皇亚历山大六世。人们通常认为他是道德最低下的教皇。但纯就道德堕落而言, 他儿子切萨雷, 即"凯撒·博尔吉亚" (1475—1507) 比他更胜一筹。 |
| 72 | 指罗马皇帝赫利奥加巴卢斯 (Heliogabulus), 又称埃拉伽巴路斯 (Elagabulus)。他于 218 年到 222 年间当政, 其统治充满了传奇性的不道德色彩, 遇刺时年仅 18 岁。 |
| 73 | 出自《马可福音》, 第 5 章, 第 5、9 节。 |
| 74 | 出自亚里士多德的《诗学》(*Poetics*) 第 13 章。 |
| 75 | 出自约翰·弥尔顿 (John Milton) 的《思想者》(*Il Penseroso*), 第 99 行。"和"应作"或"。 |
| 76 | 出自亚里士多德的《诗学》, 第 13 章。 |
| 77 | 出自约翰·弥尔顿的《科摩斯》(*Comus*), 第 478 行。 |
| 78 | 约瑟夫·欧内斯特·勒南 (Joseph Ernest Renan, 1823—1892), 法国哲学家和作家, 以《耶稣传》(*Vie de Jésus*, 1863) 闻名, 该书将耶稣作为一个历史人物处理。 |

79　暗指弥撒上领圣餐前的祷告词。

80　出自马修·阿诺德（Matthew Arnold）的《南方之夜》（A Southern Night，1861）："看遍从南极到北极的风景／瞥一眼，点点头，吵吵嚷嚷地匆忙走过／却从未在死前拥有自己的灵魂。"

81　出自拉尔夫·瓦尔多·爱默生（Ralph Waldo Emerson）的演讲《传教士》（The Preacher），该演讲于爱默生死后收录于《演讲与传记性小品》（Lectures and Biographical Sketches，1883）中出版。

82　见《马太福音》，第5章，第44节，《路加福音》，第18章，第22节。

83　出自但丁的《天堂篇》，第17章，第58—60节。另见王尔德自己的十四行诗《在维罗纳》（At Verona）："国王宫殿里的阶梯何其陡峭／我这双因流亡而疲累的脚却得拾级而上／啊，还有那面包是多么咸，多么苦涩／从猎狗的桌子上掉下。"

84　出自《恶之花》（Les Fleurs du mal，1857）中的《塞瑟岛之旅》（Un Voyage a Cythère）。王尔德的引用与原文稍有出入。

85　尼俄柏夸耀自己子女多，于是阿波罗及阿波罗的姐姐阿耳忒弥斯杀死了她的所有子女。阿刺克涅吹嘘自己的编制技巧超过帕拉斯，为惩罚其傲慢，帕拉斯最后把她变成了一只蜘蛛。

86　指墨耳和狄俄尼索斯。

87　西塞隆山是狄俄尼索斯狂饮狂欢的地方。普洛塞庇娜是从恩那开满野花的草地上被冥王普鲁托掳走，带去冥界的。

88　出自《以赛亚书》，第53章，第3节。

89　参见维吉尔的《牧歌，第四》（fourth Eclogue）。

90　出自《以赛亚书》，第52章，第14节。

91　指托马斯·查特顿（Thomas Chatterton，1752—1770）假托"托马斯·罗利"（一位虚构的十五世纪僧侣）之名创作的诗歌之一《一首极好的仁爱之歌》（An Excellent Ballad of Charity）。

92　出自弗朗西斯·培根（Francis Bacon）的《论美》（Of Beauty）。

93　出自《约翰福音》，第3章，第8节。

94　出自莎士比亚的《仲夏夜之梦》，第五幕，第一场。

95　见《道林·格雷的画像》，第2章。

96　柏拉图的对话录《查密迪斯篇》（Charmides）中的核心角色，他在其中以美少年的形象出现，阐释"节制"这一主题。王尔德的同名长诗则是关于一个他想象出来的人物。

97　出自《约翰福音》，第10章，第11、14节。

98　出自《马太福音》，第6章，第28节。

99　出自《约翰福音》，第19章，第30节。

100　出自《马可福音》，第7章，第26—30节。

101　出自华兹华斯的《远游》，第4部分，第763行，"我们靠赞美、希望和爱活着"。

102　出自《炼狱篇》，第16章，第86—87节。

103　出自《马太福音》，第6章，第26节34、25节。

104　《圣经》中耶稣自称新郎，教众则是他的新娘。

105　参见亚里士多德的《伦理学》(*Ethics*)，第6章，第2节，以及品达 (Pindar) 的《奥林匹亚》(*Olympia*)，第2章，第15—17节。

106　一本汇编巨著，论证了基督和圣方济各生活中的相似之处，由比萨的巴托洛梅神父 (Fr Bartholomaeus de Pisa) 撰写于十四世纪，1510年首次印刷出版。

107　德尔斐的阿波罗神庙的入口处用希腊文字刻着"认识自己"这几个字。

108　基色的儿子即扫罗，见《撒母耳记上》，第9章。

109　保罗-马里·魏尔伦 (Paul-Marie Verlaine, 1844—1896) 因用左轮手枪射伤兰波而入狱。彼得·阿列克谢耶维奇·克鲁泡特金公爵 (Prince Peter Alexeievitch Kropotkin, 1842—1921)，俄国作家、地理学家和无政府主义者，因政治观点和行动而入狱。

110　指詹姆斯·奥斯曼·纳尔逊少校 (Major James Osmond Nelson)，他于1896年7月接任雷丁监狱的典狱长一职。

111　出自圣方济各所作的《太阳颂歌》(*The Canticle of the Sun*, 约1224)。

112　出自但丁的《天堂篇》，第1章，第20—21节。

113　玛尔绪阿斯是一个凡人，他挑战阿波罗，要跟他比赛音乐，后因输给阿波罗而被痛苦地活活剥皮。

114　出自《埃特纳火山上的恩培多克勒》(*Empedocles on Etna*, 1852)，第二幕。

115　出自《埃特纳火山上的恩培多克勒》，第二幕。

116　参见《作为艺术家的批评家》(*The Critic as Artist*)，第二部分。王尔德在书信中多次使用"穿戴肃穆的紫色"这个意象,来表示一种高贵、有尊严的悲伤。

117　出自拉尔夫·瓦尔多·爱默生的《经验》(Experience),发表于《随笔,第二卷》(Essays:Second Series,1844)。

118　实际上是11月21日。

119　见《道林·格雷的画像》,第一章。

120　典出巴尔扎克的《幻灭》(1837—1843),第二部分,第十八章。

121　克利伯恩,一个职业勒索者。他以王尔德写给道格拉斯的信敲诈王尔德,但未能从王尔德那里勒索到任何钱财。那封信可能写于1893年1月,是这个勒索团伙派人从道格拉斯那里偷的。克利伯恩后来因勒索罪被判处7年徒刑。阿特金斯,可能是王尔德的笔误,他想写的是克利伯恩行勒索时的同伙"艾伦"。

122　这是巴尔扎克的《交际花盛衰记》(Splendeurs et misères des courtisanes,1838—1847)第三部分的标题,书中的吕西安·德·鲁本普雷因走上邪路而迎来悲惨可怜的结局。

123　一个敲诈勒索别人的人,曾在王尔德受审时出庭做证。

124　玛丽-让娜·"玛侬"·普利蓬(Marie-Jeanne 'Manon' Phlipon,1754—1793),女知识分子,沙龙女主人,1781年嫁给让·马里·罗兰(1734—1793)。她的丈夫后来在革命政府中任职。最终夫妇两人与马拉交恶,罗兰夫人被捕。她在巴黎古监狱里写下《回忆录》(Mémoires),并在其中感叹:"自由啊!多少罪行以汝为名!"之后被送上了断头台。她的丈夫两天后自杀。

125　乔治·温德姆阁下(The Right Honourable George Wyndham,1863—1913),珀西·斯卡文·温德姆阁下之子,第一任莱康菲尔德男爵之孙。他自1889年起担任多佛议员,1887年至1892年间担任贝尔福先生的私人秘书,后来进入内阁。他写过不少文学题材的书,是阿尔弗雷德·道格拉斯勋爵的亲戚。

126　昆斯贝理1887年与第一任妻子离婚,后于1893年与艾瑟尔·韦登小姐再婚。后者于1894年10月24日取得了此次婚姻无效的判决书。

127　在王尔德公开出版的剧作中没有这句话。《无足轻重的女人》第三幕开头原有一段很长的念白,这句话出于此。在演员、经理特里的劝说下,王尔德把这段念白删去了。

128　犬儒主义者第欧根尼（公元前419—前324年）曾经住在一个木桶里。
129　此处指弗兰克·哈里斯（Frank Harris），但也可能指R.H.谢拉德（R. H. Sherard）。
130　在对王尔德的第二次审判中，副检察长弗兰克·洛克伍德爵士（Sir Frank Lockwood，1847—1897）担任控方负责人。
131　吉罗拉莫·萨沃纳洛拉（Girolamo Savonarola，1452—1498），多明我会的修士，他不顾教皇亚历山大六世对他的布道禁令，呼吁改革教会，因此被驱逐和处决。
132　见《作为艺术家的批评家》，第二部分。
133　出自亚历山大·史密斯（Alexander Smith）的《一部生活——戏剧》（*A Life—Drama*），第二场。
134　此处指驱逐罗马最后一位国王塔昆的朱尼乌斯·布鲁图斯（Junius Brutus）。
135　参见莎士比亚的《哈姆雷特》，第五幕，第二场，334—335。
136　参见莎士比亚的《哈姆雷特》，第五幕，第二场，345—346。
137　莎士比亚的《一报还一报》中的角色。
138　指西塞罗（Cicero），他是《论友谊》（*De Amicitia*）和《图斯库路姆论辩集》（*Tusculanae Disputationes*）的作者，后一本书据说是在他位于图斯库路的别墅里写出来的。
139　出自《在陶里斯的伊菲革涅亚》（*Iphigenia in Tauris*），第1193行。
140　卡尔·林奈（Carl Linnaeus，1707—1778），瑞典植物学家和动物学家，建立了以物种命名的"二名法"原则。1736年，林奈访问英国传授这套他在刚出版不久的《自然系统》（*Systema Naturae*，1735）中提出的分类系统。
141　出自《龚古尔杂志》（*Journal des Goncourt*）。王尔德在《道林·格雷的画像》第11章中用这句话来描述道林。
142　出自《路加福音》，第11章，第5—8节。
143　出自济慈的《论十四行诗》（*On the Sonnet*，1819）。
144　出自威廉·布莱克（William Blake）在第二版《说明目录》（*Descriptive Catalogue*，1810）中对自己的画作《最后审判的情景》（*A Vision of the Last Judgment*）做的评论。

# 雷丁监狱之歌 [1]

刘勇军 译

---

[1] 1897年5月19日,王尔德出狱后前往法国,开始创作这首诗,并于8月完成了初稿。10月,他在修改诗稿期间,给罗伯特·罗斯写信表示:"这首诗在风格上并不统一。有些是现实主义,有些是浪漫主义,有些富于诗意,还有些只能算宣传之语。"1898年2月13日,本诗首次出版。从1版到6版,扉页上登载的都是王尔德的入监编号C.3.3,而非他的真实姓名,一直到第7版,他的名字才出现在了编号下方的括号里。这首诗讲述了皇家骑兵卫队骑兵查尔斯·托马斯·伍尔德里奇的故事,他因谋杀妻子而等待处决。1896年7月7日,他被施行绞刑。

(一)

猩红色的外衣[1],未及他身,
鲜血与酒,已红艳有余。
在死者身边,他被人发现,
双手之上,血与酒层层遍染,
死去的可怜女子,乃是他心之所钟,
横死于她的床头[2]。

在等候受审的囚徒之间,他往来行走,
身着破烂的灰衣[3]。
一顶鸭舌帽扣于头顶,
步伐轻盈而欢快。
但我从未见过有人,
仰顾朗朗白日,竟怅惘如斯。

---

1 王尔德对这一事实进行了改编,以符合诗中的意境。骑兵伍尔德里奇的外套实际上是蓝色的,是皇家骑兵卫队的颜色。当一名记者指责颜色有误时,据说王尔德回答的是,他不可能打开自己的诗,看到这样的诗句:"蓝色的外衣,未及他身,鲜血与酒,已蔚蓝有余。"
2 事实上,伍尔德里奇的妻子是在她家附近的路上被谋杀的。
3 伍尔德里奇是一名取保候审的囚犯,可以穿他被捕时穿的衣服。

我从未见过有人,
用满是眷恋的目光,
眺望蓝色的苍穹,
也是囚徒口中的蓝色小篷,
每一朵如银帆般飘浮的云,
亦是他心之所往。

我与其他痛苦的囚犯,
在另一队列中绕圈而行[1],
我自心中纳罕,那人所犯之罪,
是重,抑或是轻,
身后有个声音突然耳语道,
"该犯将受绞刑之罚。"

上苍啊!监狱的高墙本巍峨耸立,
却蓦地左摇右晃,
悬于头顶之上的苍穹,
也化为了炽热钢铁铸成的盔帽。
我本是受尽痛苦煎熬之人,
却不为自己的悲痛所恼。

我终于知晓,是怎样的烦忧

---

[1] 囚犯们排成一列绕圈走,以锻炼身体。

加快了他的步伐,他又是出于何种隐痛,
才流露恋恋难舍的眼神,
仰望绚烂的白昼。
他夺走心中挚爱的生命,
务须以命抵命。

然而,人人皆将心中所爱置于死地[1],
世人皆应奉为真理,
或由恶毒的眼神,
或由阿谀的巧言,
怯懦者凭蜜吻以践之,
铮铮勇士执剑以行之。

有人诛杀所爱,正值芳华,
有人待至垂暮,方置人于死。
有人以欲念之手,行绞杀之行,
有人借金钱之威,掠夺生命,
仁慈之人举刀屠戮,
可将痛苦降至最轻。

爱之一事,或太过短暂,或尤为漫长,

---

[1] 出自莎士比亚的《威尼斯商人》,第四幕,第一场,"难道对于不喜欢的东西,人们不是一定要置于死地吗?"

可卖,更能收买。
有人杀害真爱,泪珠潸然滚落,
有人未有一声叹息。
人人皆将所爱诛杀,
未必人人都以性命抵偿。

他的死亡未被玷污,
亦非死在被耻辱所没的日子,
他的脖颈上不曾拴系绞索,
他的面孔上不曾蒙蔽遮布,
垂坠的双脚亦不曾穿透地面,
伸向虚无的深渊。

他不与沉默的狱吏并坐,
日日夜夜,他们的监管从无停歇[1]。
监视他黯然垂泪,
监视他诚心祷告,
他们监视,以防他冲破束缚,
不再为监狱所困。

拂晓时刻,他并未醒来,
囚室里的可怖身影,未入他眼。

---

[1] 被判处死刑的犯人受到全天候的监管。

身着白袍的牧师浑身战栗[1],
治安官神情严峻,沉郁不乐,
监狱长身着闪亮黑衣[2],
面色蜡黄,宣告死亡即将来临。

他未有匆匆起身穿上囚衣,
并无显露凄惨之相,
医生满嘴秽语,乐祸幸灾,
留意着他每一个神经质的举动,
他伸手一指时钟,那轻轻的嘀嗒声,
犹如沉重而可怕的锤击。

刽子手戴着园丁手套,
悄声溜进衬垫大门,
他方才感觉到一股令人作呕的焦渴,
如沙般哽住喉咙。
他周身遭三条皮带捆绑[3],
喉头的干渴就此消散。

---

1 这里的牧师是马丁·托马斯·弗兰德牧师(1843—1934),他于1872年被任命为雷丁监狱的牧师,在那里服务了41年。
2 即亨利·贝文·艾萨克森(1842—1915),退休中校,1895—1896年任雷丁监狱监狱长。
3 等待处决的囚犯在手腕、膝盖和肘部三处都会被捆绑。

他没有低垂头颅

去聆听丧葬官的宣言,

尽管灵魂深处的恐惧

提醒他死亡尚未降临,

走入可怕的行刑所之际,

他亦不曾在自己的棺木前画十字祈祷。

他没有透过屋顶的玻璃小窗,

抬首遥望天空,

他没有翕动皴裂的嘴唇,

祈祷痛苦消失无形。

他没有感到该亚法[1]的吻,

落在他那战栗的面颊之上。

---

[1] 资助犹大背叛耶稣的大祭师。

（二）

六周漫漫，我们的卫兵徜徉在院中，
穿着破烂的灰衣，
一顶鸭舌帽扣于头顶，
步伐轻盈而欢快。
但我从未见过有人，
仰顾朗朗白日，竟怅惘如斯。

我从未见过有人，
用满是眷恋的目光，
眺望蓝色的苍穹，
也是囚徒口中的蓝色小篷，
每一朵纠缠流浪的云，
亦是他心之所往。

他从不扭绞双手，
不像那些愚钝之辈，
胆敢在暗无天日的绝望洞穴，
抚育"希望"这个掉包婴孩。
他只凝视骄阳，
汲取朝晨的清风。

他不扭绞双手,亦不潸然哭泣,
他不窥探[1],亦不伤悲,
他只是汲取朝晨的清风,仿佛那是
有益健康的止痛剂。
他张大嘴巴,狂饮阳光,
犹如那是美酒佳酿!

我和所有受苦之人列队,
拖着沉重的脚步,在别处绕圈,
早已遗忘我们的罪行
是轻,或重,
我们无精打采,却也惊奇不已地注视着
那个即将上绞架的人。

他的步伐轻盈而欢快。
凝望他经过,感觉多么怪诞,
他仰顾朗朗白日,竟怅惘如斯,
凝望着他的目光,感觉多么奇异,
他即将偿还血债,
思及此情此景,感觉多么荒唐。

盈盈春日,万物萌芽,

---

[1] 原文为 peek(偷看),但也许应该是 peak 一词,意为"精神萎靡"。

橡树和榆树生长出美丽的绿叶，
但绞刑架的根部，早已被毒蛇所咬，
眼见如斯枯槁，不免神伤。
或有汁水，或已枯干[1]，人终不免一死，
等不及硕果累累！

最崇高之地，是那恩典之所，
世间之人无不憧憬，
可曾有人甘愿麻绳绑身，
立于高高的绞刑架上，
透过谋杀犯的枷锁，
最后眺望一眼苍穹？

爱情沁人心脾，生活甘之如饴，
如此时候，伴随提琴的乐声起舞，美妙无比，
随着长笛跃动，随着琵琶扭动，
是稀有而珍贵的时刻。
但那轻捷的脚步踩空乱蹬，
则非愉悦的经历！

日复一日，我们将目光投诸他身，

---

1 出自《圣经·路加福音》，第23章，第31节，"这些事既行在有汁水的树上，那枯干的树将来怎么样呢？"

眼中写满好奇,病态的猜测储满内心,
我们疑惑不安,无从知晓
自己会否落得同样的结局,
没人能说得清,他那盲目的灵魂,
将迷失在何等的地狱之中。

终于,那个将死之人,
不再行走于待审囚徒之间,[1]
我清楚,他正立身于
幽暗被告席的可怕围栏中,
我也知道,在这上帝创造的动人世界里,
他的面庞,我将不复得见。

仿如两艘劫数难逃的船在风暴中相交而过,
我与他,亦是彼此的过客,
但我们没做手势,亦不曾讲过话,
我们无话可说,
因为我们并非在圣夜相会,
而是在羞耻的日子里邂逅。

监狱围墙何其高耸,将我与他围困其中,

---

[1] 伍尔德里奇的最后判决在 1896 年 6 月 17 日做出。死刑犯不可与其他囚犯接触。

我们是两个惨遭遗弃之人,
世界把我们赶出核心,
上帝也弃我们于不顾,
铁器[1]等待着罪人,
要把我们困于陷阱。

---

[1] 即陷阱。

（三）

债务人的院中，石板坚硬，
高大的围墙有水滴落，
他立于铅灰色的天空下，
汲取着清风，
两边各有一名看守徒步而行，
唯恐他自尽而亡。

监视他的狱卒与他同坐，
他们日夜监视他的痛苦，
监视他站起来哭泣，
亦监视他蹲伏下来祈祷，
他们监视他，以防他抢夺，
绞刑架的猎物。

监狱长态度强硬，
坚守法规制度，[1]
医生则声称，

---

[1] 将监狱置于政府监管之下并规定对囚犯实行人道待遇的法律，被监狱改革者斥为有失妥当。

死亡无非一种科学事实,[1]
牧师每天来两次,
留下宣扬宗教的小册子。

他一天抽两次烟斗,
喝下一品脱啤酒,
他的灵魂笃定而坚强,
那里,没有恐惧的藏身之处,
他常常坦言,刽子手就在附近,
他为此心存感激。

但如此怪诞之语,为何从他的口中讲出?
没有狱卒敢张口询问,
他的厄运已定,
看守职责所在,
必得紧闭双唇,
戴上冷酷的面具。

否则,狱卒或将大为动容,
将抚慰带给他,
但人类的怜悯要怎样才能
冲破杀人犯牢房的桎梏?

---

1 这位监狱医务官名叫奥利弗·莫里斯医生。

在这样的境地，何种仁慈的言语，
才能救助兄弟的灵魂？

我们摇摇晃晃地绕圈而行，
踏着步子，犹如愚人的游行！

我们并不在意，因为我们知道，
我们是魔鬼的近身卫队，
剃光的脑袋，灌了铅的双足，
制造出欢乐的假面舞会。

我们拆散涂了焦油的船缆[1]。
指甲磨损，渗出血来，
我们擦净大门，清洗地板，
把栏杆擦得锃亮，
我们将一块块床板擦上肥皂[2]，
板子碰到水桶，叮叮咣咣响个不停。

我们缝麻袋，我们砸石头

---

1 像王尔德这样被判做苦役的囚犯，在监狱里要拆散名为麻絮的旧船缆的松散纤维。做这种工作，皮肤会变得干燥开裂，疼痛难当。1895 年 5 月 28 日至 7 月 4 日，王尔德在服刑之初就做这种工作。
2 指木板床。

我们转动落满灰尘的钻头[1]，
我们捶打马口铁，大声唱赞美诗，
在踏车上挥汗如雨[2]，
但在每个人的心中，
恐惧依然存在。

恐惧依旧潜伏，日夜匍匐，
如同被塞满海藻的海浪，
我们全然忘记，苦难的命运
在等待着我等愚人和无赖，
直到那次，我们做完苦工，拖着脚步返回，
路过那敞开的墓穴。

黄色的洞口张着大嘴，
等待着活物送上门来，
连泥浆都哭喊着索要鲜血，
以滋养干渴的沥青，
我们知道，不等天亮，
有个囚犯就将走上绞刑架。

---

1 分配给囚犯的任务之一是转动曲柄，驱动一种带有长柄、很窄的卷筒，用来升起和倒空量杯里的沙子。
2 用作抽水之用。1898年，踏车和转曲柄这两项苦工都废除了。

拖步前行,我们的灵魂
则苦苦思索着死亡、恐惧和劫数,
刽子手拿着他的小包,
重重地穿过幽暗的路径,
他走入那大限已定的坟墓,
无人不抖如筛糠。

那一夜,空荡荡的走廊里,
弥漫着各种各样的恐惧,
偷摸的脚步声,在钢铁城镇里,
来回游荡,我们不曾听闻,
透过阻隔星光的铁栏,
惨白的脸庞似在凝视。

他躺着,犹如进入梦乡,
徜徉在宜人的草地之上,
看守监视他睡觉,
却不明白,
刽子手在一侧站立,
他怎能睡得如此酣畅。

人们无心睡眠,只顾泪眼蒙眬,
往昔却从未哭泣,
我们是愚人、骗子和无赖,

时时刻刻受人监视,
痛苦的双手穿透了每个人的大脑,
另一种恐惧在蔓延。

啊!感受别人的罪孽,
是多么可怖!
罪恶之剑刺穿心灵深处,
直至涂有毒药的剑柄,
为他人所流鲜血,
我们淌下如熔铅一般的热泪。

看守们脚踏毛毡鞋,
蹑手蹑脚地走过每一扇锁着的门,
用敬畏的目光凝视着
地上一个个灰色的身影,
思忖着这些从不曾祈祷过的人,
为何跪下祷告。

整晚我们都跪着祝祷,
疯狂地哀悼一具尸体!
午夜缠结的浓雾,
犹如掩埋棺木的尘土,

那海绵上浸满的苦酒[1],
夹杂着悔恨的滋味。

灰色的公鸡打鸣,红色的雄鸡报晓[2],
奈何白日从未到来。
邪恶的恐怖蜷缩在
我们躺着的角落里,
每一个在黑夜中行走的邪恶精灵,
似乎都在我们面前玩耍。

他们悄悄走过,速度迅疾,
像行者穿行于迷雾之中,
他们跳着利戈顿舞[3],嘲弄那轮明月,
旋转,扭动,舞姿灵动精巧,
以庄严的步伐和令人厌恶的优雅,
幽灵们继续他们的幽会。

我们神情痛苦,望着他们过去,
但见细长的阴影手牵着手,
东游,西荡,发出鬼魅般的吵嚷,

---

1 被钉十字架上的耶稣得到了一块浸满醋的海绵来缓解口渴。
2 出自《圣经·马太福音》,第26章,第34节,彼得不认基督,鸡开始打鸣。
3 一种双人舞。

跳着萨拉邦德舞,那形状诡异的怪物,狂乱舞动,
恰似风儿吹过沙地!

如提线木偶般旋转,
在尖锐的踏板上磕磕绊绊,
恐惧的笛声充斥耳畔,
上演一出可怕的假面剧,
他们高声歌唱,歌声久久不息,
用歌声来唤醒死者。

"嗳哟!"他们喊着,"世界广阔无边,
戴着镣铐的四肢却沦为残废!
有一两次,
掷骰子是绅士的游戏,
但在秘密的羞耻之屋,
与罪恶对赌的人不具胜算。"

这些古怪的姿态并无韵律,
他们欢快地嬉戏,
我们的生命却被枷锁[1]束缚,
双脚无法自由,
啊!受难的基督!他们是有生命之物,

---

1　手铐和脚镣。

看来叫人毛骨悚然。

他们一圈圈地跳着华尔兹，
有的成双成对，傻笑着旋转，
有的如娼妓一般，迈着装腔作势的舞步，
有的悄悄走上楼梯，
狡猾的冷笑，谄媚的斜眼，
全都在帮我们祈祷。

晨风开始呜咽，
夜幕却迟迟不肯离去，
巨大的织布机用尽每一根线，
织就幽暗之网，
祈祷之际，我们愈发惧怕
太阳的审判。

狂风呜咽，飘荡而来，
席卷哭泣的监狱高墙。
我们感觉时间在流逝，
就像钢铁的车轮在转动，
啊，呻吟的飓风！我们所犯何罪，
竟遇到如此仆从[1]！

---

1 贵族家庭中负责打理家中事务的人。

我终于看见了栅栏的阴影,
仿如铅制的格架,
从我的三板床对面那堵粉刷墙壁
缓慢移动过去,
我知道在世界的某个地方,
上帝可怕的黎明血红一片。

六点,我们打扫了牢房,
七点,万籁俱寂,
但一只强大的翅膀发出飒飒的声响
似乎填满了监狱,
死神带着冰冷的呼吸,
进入其中准备杀戮。

他没有威风凛凛,招摇过市,
也没有骑着月光白的骏马,
绞刑架上只需要
三码长绳和一块滑板,
于是使者[1]带着耻辱之绳前来,
去做那秘密的勾当。

我们仿佛穿过泥沼,

---

1　刽子手名叫比灵顿。

在肮脏的黑暗中摸索,
我们不敢祈祷,
也不敢表达痛苦,
我们每个人心里都有一些东西逝去,
而逝去的,正是希望。

人类的冷酷律法制裁必将遵行,
绝无半点偏离,
它杀死弱者,屠戮强者,
自有致命的步伐,
它用钢铁脚跟杀死强者,
诛杀可怕的弑父者!

我们等待八点的钟声,
每个人的舌头都焦渴发干,
八点的钟声是命定的时辰,
一个人将在那时走向死亡,
命运将抛出晃动的套索[1],
好人与恶棍,皆一视同仁。

除了等待信号的到来[2],

---

1　有根绳子穿过小孔,以确保行刑时剧烈晃动,使死囚快速死亡。
2　雷丁圣劳伦斯教堂的钟声在绞刑前15分钟和之后持续不断地敲响。

我们没有别的事可做,
所以,像偏僻山谷里的石头,
我们安静地坐着,一言不发,
但每个人的心都急促地跳动,
就像一个疯子在敲鼓!

监狱的时钟突然敲响,
重击震颤的空气,
整个监狱里响起了哀号,
绝望而无助,
就像恐惧的沼泽听到
麻风病人在巢穴里发出号叫。

正如一个人在晶莹的梦中,
看到最骇人之物,
我们看见油腻腻的麻绳,
钩在发黑的横梁上,
祈祷声传来,
刽子手的陷阱虽已扣紧,尖叫依然响起[1]。

所有的痛苦触动他的心弦,
他发出愤然的呼喊,

---

1 在真正行刑的时候,囚犯断气前不会挣扎,也不会发出一点声音。

那疯狂的悔恨,那血淋淋的汗水,
没有人比我更清楚,
他经历过千百样的人生,
体会过千百次的死亡。

(四)

在吊死一个人的那天
教堂里没有举行礼拜,
牧师的心太过病态,
脸色太过苍白,
写在他眼里的情绪,
谁也不该看见。

所以我们被关至中午,
钟声才阵阵敲响,
狱卒用他们叮当作响的钥匙,
打开了每一个凝神倾听的牢室,
我们踏着铁楼梯向下,
每个人都走出各自的地狱。

我们走进了上帝甜美的空气中,
但我们已非昔日的自我,
这人的脸因恐惧而发白,
那人的脸则吓得发灰,
我从未见过悲伤的人们,
仰顾朗朗白日,竟怅惘如斯。

我从未见过悲伤的人们，
用满是眷恋的目光，
眺望蓝色的苍穹，
也是囚徒口中的蓝色小篷，
每一朵无忧无虑的云，
都快乐自由地飞过。

但我们当中也有人，
低垂着头走路，
他们知道，即便人人都已受到应有的惩罚，
却还是应该替他而死，
他只是杀死了一个活物，
他们扼杀的则是死物。

唤醒死去的灵魂承受痛苦，
他即犯下了双重罪孽，
撕裂血迹斑斑的裹尸布，
让鲜血再次流淌，
鲜血汩汩涌出，
却是徒劳无益！

像猿猴或小丑，穿着奇装异服，

带着歪歪斜斜的箭头[1],
在湿滑的沥青场院里,
我们默默地转了一圈又一圈,
没有人说话,
我们默默地转了一圈又一圈。

我们默默地转了一圈又一圈,
穿过每个人空洞的心灵,
可怕的记忆
像一阵狂风呼啸而过,
恐怖在每个人前面步步逼近,
又在他们后面爬将过来。

看守们大摇大摆地走来走去,
看守着一群恶徒,
他们身着礼拜日的盛装,
制服干干净净,
但从他们靴子上的生石灰,
我们便可知晓他们干过何事。

原来坟墓敞开的地方,
并没有死亡,

---

1 囚服上有箭头形状的标记。

不过是丑恶的监狱围墙旁,
多了一些烂泥和沙子,
以及一小堆燃烧的石灰,
棺罩就已加在那人的身上。

这个可怜的人,他有一副棺罩,
很少有人能获此殊荣,
他们只是被深埋于监狱场院地下,
浑身赤裸,遭遇更大的耻辱,
每只脚都戴着脚镣,
被火焰团团包围!

与此同时,燃烧的石灰
会把肉和骨头通通侵蚀[1],
它晚上蚕食易碎的骨骼,
白天啃咬柔软的皮肉,
它轮流损耗皮肉和骨头,
夜以继日腐蚀心灵。

悠悠三载,他们不得在那里撒种,
也不得在那里生根发芽,
悠悠三载,那未受赐福之处

---

1 死刑犯被埋在石灰里,尸体很快就会溶解。

必荒凉贫瘠，
只能用不含责备的目光，
望着那叫人着迷的天空。

他们认为凶手的心会玷污
他们播下的每一颗种子。
并非如此！上帝仁慈的地域，
比人们所知道的还要仁慈。
红玫瑰将绽放出更红的花朵，
白玫瑰亦将更加洁白。

从他的嘴里，绽出一朵殷红的玫瑰！
从他的心里，结出一朵纯白的玫瑰！
谁能说得出，以怎样奇妙的方式
基督来显明他的旨意，
那朝圣者光秃的手杖，
不就在伟大的教皇眼前绽放出了鲜花[1]？

但无论是乳白色的玫瑰还是红色的玫瑰，
都不会在监狱的空气中绽放，

---

1 唐怀瑟请求教皇宽恕他与维纳斯犯下的罪行，教皇却说："这就像朝圣者的手杖上不会开出玫瑰一样，是不可能的。"不久，手杖就开了花。

碎片、鹅卵石和燧石[1],
在那里他们只给予我们这些。
因为花可以治愈
普通人的绝望。

所以，酒红色的玫瑰或洁白的玫瑰，
永远不会一片片地
凋落在那丑恶监狱墙旁
多出来的烂泥和沙土之上，
告诉在院子里行走的人们，
上帝之子为所有人献出了性命。

然而，尽管那可怕的监狱围墙
仍然深深地将他包围，
戴着脚镣的灵魂，
不会在夜间行走
躺在这邪恶的土地上，
灵魂也不会哭泣。

他现在已经安息，这个可怜人
已经平静，抑或很快就将得享安宁，

---

[1] 出自莎士比亚的《哈姆雷特》，第四幕，第一场，"碎片、燧石和鹅卵石都应该扔在她身上"。

没什么能使他发狂,
恐怖也不会在午间行走,
他所安息的地域并无明灯,
既没有太阳,也没有月亮。

他们像吊死野兽一样,吊死了他!
丧钟甚至亦未敲响,
一首安魂曲,或许就可以
使他受惊的灵魂得到安抚,
他们却只急忙把他拉下,
掩埋在坑中。

他们剥掉他的帆布衣服,
把他交给苍蝇啃噬,
他们嘲笑那肿胀瘀青的喉咙,
还有那瞪视的眼睛,
他们大声地笑着,
用裹尸布将囚犯缠绕。

在他那不光彩的坟前
牧师不愿跪下祈祷,
基督赐予罪人的神圣十字架,
亦不曾放置在他的墓前,
但此人亦是,

基督降世所拯救的对象。

然而,一切都很好,
他不过是到了生命指定的终点[1],陌生人为他垂泪,
怜悯常伴孤茔,
为他哀哭的,必是被遗弃者,
被遗弃者,必时常哀哭[2]。

---

1 出自莎士比亚的《哈姆雷特》,第四幕,第一场,"神秘之国,不曾有一个旅人回来过"。
2 这四句话是王尔德的墓志铭,刻在拉雪兹神父公墓雅各布·爱泼斯坦为王尔德塑造的墓碑上。

（五）

律法是对，抑或是错，
我本无从得知，
我们关押在监狱里，
只知道围墙坚不可摧，
一天犹如一年，
一年的日子无不漫长。

但我知道，每一条律法，
均乃人为人所定，
自从第一个人夺走了他兄弟的生命，
这悲惨的世界，便已显形，
但用最邪恶的簸箕，
收割小麦，拯救谷糠[1]。

我明智地了解，
人人亦都能明白，
人所筑的监牢，

---

[1] 出自《圣经·马太福音》，第3章，第12节，"他手里拿着簸箕，要扬净他的场，把麦子收在仓里，把糠用不灭的火烧尽了"。

盖用羞辱之砖垒建而起，
又用铁窗加诸束缚，
免得基督看见人残害自己的弟兄。

他们用栅栏遮掩了皎洁的月亮，
遮蔽了美丽的太阳，
他们把地狱妥帖隐藏，
因为恶行皆在地狱中完成，
神之子，抑或人之子，
都不该投去目光！

最卑鄙的行为就像毒草，
在监狱中到处盛放，
只有人身上的善，
才在那里荒废和枯萎，
苍白的苦闷守住沉重的大门，
绝望则身负看守之职。

受惊的孩童，终日挨饿，
肚皮空空，日夜哭泣[1]，
软弱的，遭遇折磨，愚昧的，遭遇鞭打，
年老发白的，遭遇嘲弄，

---

1 见1897年5月27日"《致＜每日纪事报＞一封信》"第188页。

有些人变得疯狂,所有人都堕落腐坏,
没有一个人会说一句话。

我们居住的每一间狭窄的牢房,
都与肮脏黑暗的厕所无异,
活着的死神散发的恶臭,
堵住了每一扇格栅,
在人类的机器中,
除了欲望,一切都变成了灰尘。

我们所喝,乃苦咸之水,
带有令人作呕的黏液,
发苦的面包,在天平上称,
粘染了白垩和石灰,
而睡眠不是躺下休息,而是睁着狂野的眼睛行走,
亦随着时间哭泣。

虽然瘦弱,饥饿,干渴难忍,
就像毒蛇与毒蛇搏斗,
我们不关心监狱里的伙食,
因为让人胆寒、死亡的并非饥饿,
白天举起的每一块顽石,
到了晚上就会变成人心。

午夜常守内心，
黄昏总在牢房徘徊，
在各自的地狱里，
我们转动曲柄，或者拆散绳子，
远处的寂静，
比铜钟的声音更可怕。

从没有人走近，
说一句温柔的安抚，
向门里张望的那只眼睛，
无情，亦是冷酷，
被所有人遗忘，我们腐烂，腐烂，
灵魂和身体无不受到污染。

生命的铁链因此遍生锈迹，
退化，孤独，
有的人咒骂，有的人哭泣，
有的人从无一声呻吟，
但上帝永恒的律法不缺仁慈，
将铁石心肠炼为绕指柔。

在监狱的牢室或院子里，
每一个心碎的人，
就像那破碎的宝匣，

其中的宝藏,早已献给上帝,
极贵的甘松香膏的香氛,
弥漫在麻风病人那肮脏的屋子[1]。

啊!能心碎的人是幸福的,
能得到宽恕的人,亦可享安息!
若非如此,人又怎能厘清自己,
洗净灵魂的罪恶?
唯有敞开破碎的心,
愿主基督进入。

他的喉咙肿胀发青,
一双眼睛死不瞑目,
等待那双将窃贼送往天堂的圣手[2],
亦向他伸出,
破碎之心,充满痛悔,
耶和华必不藐视[3]。

红衣人,朗读律法,

---

1　出自《圣经·马可福音》,第14章,第3—9节。
2　出自《圣经·路加音》,第23章,第39—43节,基督对悔改的贼说:"今天你要和我同在天堂里。"
3　出自《圣经·诗篇》,第51章,第17节。

给了他三周的生命[1],
三周固然短暂,
亦可治愈他不安的灵魂,
曾举刀杀戮的那只手,
将涤清上面的每一滴血迹。

他用含血的泪水净化了那只手,
钢铁之刃,就曾握于那只手中,
只有血才能抹去血债,
只有眼泪才能治愈,
该隐的深红色印记,
成了基督雪白的印记[2]。

---

[1] 在6月17日的伯克郡巡回审判中,判决伍尔德里奇死刑的法官是亨利·霍金斯(1817—1907)。死刑在三周后执行。

[2] 弑兄的该隐被上帝标记,以免他也被杀死。详见《圣经·以赛亚书》,第1章,第18节。

（六）


在雷丁镇的雷丁监狱，
存在着一个耻辱的深坑，
里面躺着一个可怜人，
火焰的牙齿，将他吞噬，
裹尸布灼烫燃烧，
那是他的坟墓，却没有他的名字。

在那里，他在寂静中长眠，
直到基督唤醒死者，
愚蠢的眼泪，无须浪费
也不须扬起风中的叹息，
他杀死了所爱之人，
必以命抵命。

人人皆将心中所爱置于死地，
世人皆应奉为真理，
或由恶毒的眼神，
或由阿谀的巧言，
怯懦者凭蜜吻以践之，
铮铮勇士执剑以行之！

附录：
**王尔德与波西小传**

认识你对我而言是件危险的事，
但对我最为致命的是我们恰好在那个时刻遇见。

——

王尔德《我自深处向你祷告》


随你所愿吧，我是那不敢说出名字的爱。

——

道格拉斯《两种爱》

（左为王尔德，右为波西）

奥斯卡·王尔德

Oscar Wilde ｜ 1854—1900

英国作家，唯美主义代表人物。

阿尔弗雷德·道格拉斯

Alfred Douglas ｜ 1870—1945

家人和朋友都称他为"波西"。他和两个哥哥感情很好，但家庭关系并不和谐：父亲严厉暴躁，母亲敏感脆弱。因为父亲家暴，波西从小就非常厌恶他，两人几乎每次通信都会对对方恶言相向。

1891年，波西的表弟将他介绍给王尔德，两人由此相识。

1892年春天，波西因为一封不检点的信被敲诈，王尔德帮他解决了危机。两人感情开始升温。

1892年10月，波西的母亲昆斯贝理夫人邀请王尔德来家做客，不无担忧地承认了儿子的虚荣心和挥霍。

1892年秋天，两人生活奢靡，波西肆无忌惮地花着王尔德的钱。两三年间，两人花掉了5000多英镑，为此王尔德开始入不敷出。

1893年6月，波西担任《酒精灯》的编辑，发表王尔德、罗斯等人的文章，并暗暗劝说人们接受同性之爱。

1893年8月，王尔德委托波西将法语版《莎乐美》翻译成英语。波西法语糟糕又不肯承认，当王尔德指出翻译错误处，波西大发脾气声称是原文的谬误。最终王尔德不得不重新翻译，并在献词中写道："献给我的朋友阿尔弗雷德·布鲁斯·道格拉斯勋爵，我剧本的译者。"

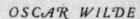

（1893年第一版《莎乐美》扉页）

1893年11月，不忍看到波西整日无所事事的王尔德写信给昆斯贝理夫人，建议她把波西送出国。两人暂时分开，其间，波西多次写信给王尔德都未获得回复。离开波西的王尔德专心戏剧创作。

1894年3月，担心波西自杀的王尔德来到巴黎，两人重聚。

1895年4月，波西的父亲昆斯贝理侯爵起诉王尔德，控告他"和其他男性有有伤风化的行为"。王尔德不听朋友的劝告，拒绝逃亡法国，在波西的挑唆下反诉昆斯贝理侯爵诽谤。经过两次审判，王尔德被定罪并判处两年苦役。

("王尔德审判现场"，来自 1895 年 5 月 4 日《警察新闻》)

1897 年，狱中的最后一年，王尔德写了一封长信给波西，即《我自深处向你祷告》，讨论了他在狱中的精神旅程。

1897 年 5 月 19 日，王尔德出狱，把这封信交给罗斯。罗斯制作了两份抄本，并将其中一份寄给了道格拉斯。

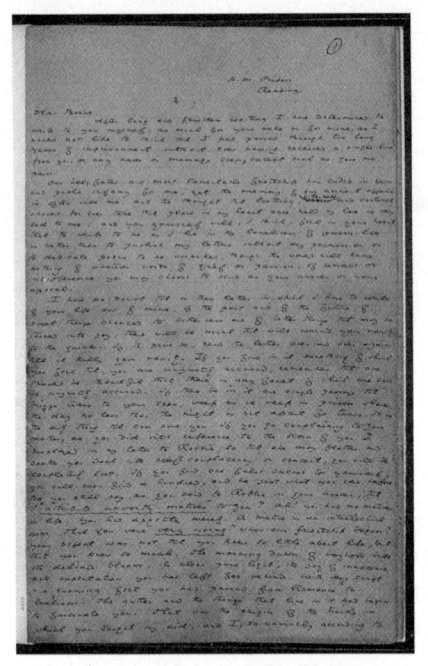

(《我自深处向你祷告》手稿)

1897 年中期，王尔德与罗斯在法国北部的海滨村庄度过，在那里他写了一生最后一部作品《雷丁监狱之歌》，这是一首纪念监狱生活严酷节奏的长诗。

1897 年 8 月，王尔德和波西在鲁昂重聚。为了两个孩子，王尔德曾尝试与妻子复合，但当波西主动来和他见面，表示想与他重修旧好，王尔德还是选择原谅，可惜重新在一起的两人已不如当初。

1898 年，王尔德和波西彻底分手。

1900年11月30日，王尔德在巴黎因脑膜炎去世，身边只有他的旧爱罗斯和另一位朋友陪伴着他。曾经意气风发的王尔德临终前贫困潦倒，而波西与家人和好，继承爵位，有了自己的家庭，王尔德离世后他饱受精神问题困扰。

1905年，罗斯以《我自深处向你祷告》为标题出版了这封信的摘录，摘录部分不到全信的一半。

1909年，罗斯把信的原件交给大英博物馆，条件是50年内不准任何人查看。第二份打字抄本由罗斯保存，他死后赠予维维安·霍兰德。这个抄本为世人提供了此信的"第一个完整且准确的版本"，后于1949年由维维安·霍兰德出版。

## 奥斯卡·王尔德
**Oscar Wilde（1854—1900）**

19世纪英国作家、戏剧家、诗人，唯美主义灵魂人物。

1888年，王尔德出版童话故事集《快乐王子和其他故事》，英国杂志将他与安徒生相提并论。

1890年，发表长篇小说《道林·格雷的画像》，因艺术观不被世人接受而备受争议。

1893年，《莎乐美》等剧作陆续面世，大获成功，王尔德成了英国维多利亚时代风靡一时的剧作家。

事业如日中天之时，一场与阿尔弗莱德·道格拉斯勋爵的同性恋爱使王尔德官司缠身，最终他被判"严重猥亵罪"入狱两年，在狱中他写下长信《我自深处向你祷告》。

出狱后王尔德前往巴黎，3年后在一家小旅馆去世，年仅46岁。他的墓是全世界最特别的墓地之一，无数朝圣者在墓碑上留下红色唇印。

## 小说
《道林·格雷的画像》The Picture of Dorian Gray

## 诗作
《诗集》Poems
《斯芬克斯》Sphinx
《雷丁监狱之歌》The Ballad of Reading Gaol
《薇拉》Vera

## 剧本
《温德密尔夫人的扇子》Lady Windermeres' Fan
《帕都瓦公爵夫人》The Duchess of Padua
《莎乐美》（原著用法语写成）Salomé
《无足轻重的女人》A Woman of No Importance
《认真的重要性》The Importance of Being Earnest
《理想的丈夫》An Ideal Husband

## 童话集
《快乐王子和其他故事》The Happy Prince and Other Tales
《石榴屋》A House of Pomegranates

## 散文集
《社会主义下人的灵魂》The Soul of Man Under Socialism

## 书信集
《我自深处向你祷告》De Profundis

# 我自深处向你祷告

作者 _ [英] 奥斯卡·王尔德    译者 _ 鲁冬旭 刘勇军

产品经理 _ 闻芳    装帧设计 _ 小雨    产品总监 _ 李佳婕
技术编辑 _ 顾逸飞    责任印制 _ 刘淼    出品人 _ 许文婷

营销团队 _ 王维思

## 鸣谢（排名不分先后）

王靖婷

果麦
www.guomai.cn

以 微 小 的 力 量 推 动 文 明

## 图书在版编目（CIP）数据

我自深处向你祷告 /（英）奥斯卡·王尔德（Oscar Wilde）著；鲁冬旭，刘勇军译. — 南京：江苏凤凰文艺出版社，2023.7
ISBN 978-7-5594-7828-3

Ⅰ.①我… Ⅱ.①奥… ②鲁… ③刘… Ⅲ.①书信集 – 英国 – 近代 Ⅳ.① I561.64

中国国家版本馆 CIP 数据核字（2023）第 110447 号

## 我自深处向你祷告

［英］奥斯卡·王尔德（Oscar Wilde） 著　鲁冬旭，刘勇军 译

| 出 版 人 | 张在健 |
|---|---|
| 责任编辑 | 白　涵 |
| 特约编辑 | 闻　芳 |
| 出版发行 | 江苏凤凰文艺出版社 |
| | 南京市中央路 165 号，邮编：210009 |
| 网　　址 | http://www.jswenyi.com |
| 印　　刷 | 北京盛通印刷股份有限公司 |
| 开　　本 | 1280 毫米 × 890 毫米　1/32 |
| 印　　张 | 6.5 |
| 字　　数 | 134 千字 |
| 版　　次 | 2023 年 7 月第 1 版 |
| 印　　次 | 2023 年 7 月第 1 次印刷 |
| 印　　数 | 1 — 8,000 |
| 书　　号 | ISBN 978-7-5594-7828-3 |
| 定　　价 | 39.80 元 |

江苏凤凰文艺版图书凡印刷、装订错误，可向出版社调换，联系电话：025-83280257